**스스로 블랙홀에 뛰어든 사나이**

# 스스로
## 블랙홀에 뛰어든
# 사나이

김달영 소설

이지북
EZbook

헌사

사랑하는 어머니께
이 책을 바칩니다.

# 차례

# 스스로
# 블랙홀에
# 뛰어든
# 사나이

—

블랙홀의 물리학

저는 지금 우주선을 타고 블랙홀을 향해 날아가고 있습니다. 죽으러, 다시 말해서 자살하러 가는 길이지만 동시에 영원히 살기 위해 가는 길이기도 하지요. 무슨 앞뒤안 맞는 이야기냐고요? 들어 보면 아실 겁니다.

저는 물리학자였습니다. 어릴 때 아인슈타인 위인전을 읽고 물리학의 매력에 빠져 대학 전공으로 물리학과를 선택했습니다. 그리고 졸업 후에는 대학원에 진학해서 엄청난 발견을 했지요. 바로 반중력(反重力), 다시 말해 중력을 차단할 수 있는 방법을 찾아냈던 것입니다.

사람들은 대부분 중력에 얽매여 살아갑니다. 무중력상태에서 멋지게 우주 유영을 즐기는 우주정거장 근무자들조차 사실은 중력에 붙잡혀 지구 주위를 공전하고 있는겁니다. 중력은 우주 어디에나 있지요.

지구 중력의 존재는 우주 개발의 진전을 더디게 만든 중요한 원인 가운데 하나였습니다. 일단 우주 공간에 우주선을 올려놓아야 우주 개척을 하든지 말든지 할 텐데 우주선이 지구 중력을 벗어나도록 발사하는 데 비용이 너무 많이 들었기 때문입니다. 20세기에 달 착륙을 실현하고 오래지 않아 우주 개발이 둔화된 이유가 바로 이 때문이었습니다. 그러다 보니 비용을 아끼기 위해 우주왕복선 같은 방식도 시도되었고 우주 엘리베이터 같은 꿈 같은 계획도 추진했지만 생각보다 비용이 많이 들거나 초기 투자 비용이 너무 높아서 모두 무산되어 버렸던 것입니다.

　그러다 저와 지도 교수가 함께 연구하다가 중력을 차단하는 방법을 덜컥 찾아냈습니다. 반중력 물질로 둘러싸인 주택을 만들어 지표면에서 무중력 상태를 구현하는 장면을 전 세계에 생중계했을 때 세상이 받은 충격은 아마 달 착륙 이래 최고가 아니었을까 저는 생각합니다.

　그때부터 지구를 벗어나기 위해서 엄청나게 크고 비싼 로켓도 필요 없어졌고 우주비행사들이 몸 둘 곳조차 찾기 힘들었던 옹색한 우주선도 얼마든지 크게 만들 수 있게 됐습니다. 충분히 큰 우주선을 만들고 반중력 물질로 실드를 두른 다음에 약한 추진력을 발동하기만 하면 우주선은 가볍게 지구 궤도로 올라가고 다른 행성들을 향해 날아갈 수 있게 된 것입니다. 글쎄, 자동차 엔진만으로 성층권을 돌파한 사람도 있었다니까요. 잊혀 가던 우주개발 시대가 다시 도래했답니다.

우리는 재빨리 특허를 내고 회사를 세워 엄청난 돈을 벌었습니다. 미국의 NASA, 일본의 JAXA, 유럽의 ESA, 중국의 우주항천국, 러시아의 ROSCOSMOS 등에서 모두 엄청난 로열티를 지불하고 반중력 물질의 특허실시권을 구입해 갔기 때문입니다. 돈 버는 것은 좋았지만 워낙 원가가 저렴한 물질이었기 때문에 조금 양심에 찔리기도 하더군요.

지도 교수는 떼돈이 생기자 대학을 은퇴하고 유유자적한 생활을 즐기며 노벨상 수상 소식이 들려오기만을 기다렸고, 아직 서른 살도 되지 않았던 저는 벌어들인 돈을 새로운 사업에 재투자해서 세계 100대 부자에 들어갈 만큼 또 한 번 큰 성공을 거두었습니다. 그렇게 반중력 물질의 발견으로부터 삼 년 정도는 정말 잘 나갔습니다. 어찌나 돈을 많이 벌었는지 저와 지도 교수에게 곧바로 노벨 물리학상이 주어지지 않은 이유가, 노벨 위원회가 돈독 오른 우리를 탐탁하지 않게 생각했기 때문이라는 소문이 전 세계에 파다했을 정도였습니다. 지도 교수나 저는 별로 개의치 않았습니다. 지도 교수님도 아직 오십 대였고 저는 팔팔한 삼십 대 초반이었으니 기다릴 시간은 충분하다고 생각했거든요.

그런데 실은 그렇게 시간이 충분하지 않았습니다.

그해 10월에 노벨상 수상자가 발표된 직후 매년 받아 오던 건강검진 결과가 나왔을 때 저는 췌장암 말기 판정을 받았습니다. 담당 의사는 저의 수명이 앞으로 길어야 육 개월 정도밖에 남지 않았다고 하더군요. 눈앞이 캄캄해진다는 경험을 그때 처음 해 봤습니다.

암 선고를 듣고 처음 며칠간은 충격 속에 식음을 전폐하고 드러누웠습니다. 반중력까지 발견되어 우주 시대가 열렸는데 겨우 췌장암 하나 치료하지 못해서 죽게 되다니…… 이 엄청난 부를 제대로 써 보지도 못하고 죽는다고 생각하니 돈이 아까워서라도 도저히 못 죽겠다는 생각이 들었고, 노벨상은 죽으면 받을 수 없는데 공연한 이유로 시간을 끌어온 노벨 위원회가 너무 미워서 어차피 상도 못 받고 죽을 거 그놈들 모조리 저승으로 데리고 갈까 하는 터무니없는 생각도 해 봤으며, 사귀던 여자 친구에게 내 재산을 모두 물려줄 테니 내 아이 한 명만 낳아 키워 달라고 부탁해 볼까 하는 생각까지 떠오르는 지경이었습니다.

일주일 정도 폐인 모드로 넓은 아파트에서 혼자 멍하니 TV를 켜 놓고 있었는데 우연히 팔십여 년 전에 엄청 인기였다던 고전 영화 〈인터스텔라〉가 방송되더군요. 얼마 남지 않은 제 인생의 전환점이 마련된 순간이었습니다. 재작년 우리 태양계에서 불과 오십 광년 정도 떨어진 곳에서 블랙홀 2097A가 발견되어 유럽우주기구(ESA)가 무인 탐사선을 곧 발사할 예정이라는 사실이 떠올랐고, 어차피 금방 죽을 거 인류 최초로 블랙홀의 '사건의 지평선' 너머로 우주선을 몰고 가 보는 것도 의미 있겠다 싶은 엉뚱한 발상이 떠올랐던 겁니다.

당장 회사를 통해 접촉하자 ESA는 유럽 특유의 악명 높은 관료주의와 느린 의사 결정에 걸맞지 않게 불과 며칠 만에 제가 모든 비용을 부담한다는 조건으로 제안을 받아 주었습니다. 엄청난 비용이기는 했지만 저도 가진 건 돈뿐인 사람이었던지라 재산을 모두 처분해서 그럭저럭 비용을 댈 수 있었지요. 어차피 죽으면 갖고 갈 수도 없는 돈인데 다 써 버린들 뭐 어떻습니까. ESA의 블랙홀 무인 탐사선을 유인우주선으로 바꾸고 제가 육 개월 정도

단독으로 생존할 수 있는 시스템을 만들었습니다. 그리고 우주선 이름을 의미심장하게 '인피니티호'로 바꾸었지요.

비용 문제를 제쳐 두더라도 제가 스스로 개발한 반중력 물질 기술이 아니었다면 이 황당한 프로젝트는 실현되지 못했을 겁니다. 예전처럼 로켓의 추진력으로 우주선이 지구를 탈출하는 시대였다면 가깝다고는 해도 오십 광년 거리에 있는 2097A까지 불과 몇 주 이내에 도달할 거대한 우주선을 만들 수도 없었을 것이고 저 같은 암 환자가 그 어려운 우주인 훈련을 견뎌 낼 수도 없었을 테니까요. 반중력 기술 덕분에 지구 중력장을 탈출하는 우주선은 엄청난 가속을 이겨 낼 필요 없이 마치 열기구가 둥실 떠오르는 것처럼 지구를 떠날 수 있었기 때문에 가능한 일이었습니다. 우여곡절이 없었던 것은 아니지만 운 좋게도 두 달 만에 저는 사상 최초의 블랙홀 탐사 우주선 인피니티호에 올라 지구를 떠났습니다.

제아무리 반중력 실드로 우주선을 감쌌다고 해도 오십 광년 거리의 블랙홀에 저의 남은 수명 안에 도달하는 것은 얼핏 불가능해 보일 수도 있습니다. 인피티니 호는 반중력 우주선이지 초광속 우주선이 아니거든요.

그렇지만 빛의 속도에 거의 근접하는 '아광속' 우주선

은 가능합니다. 반중력 실드 덕분에 엄청난 양의 연료를 우주선에 탑재할 수 있었고, 지구나 태양 중력으로부터도 자유로웠기 때문에 다량의 연료를 분사하는 동안 손쉽게 가속에 박차를 가해서 불과 며칠 만에 인피니티호는 광속의 99.9퍼센트까지 속도를 높일 수 있었습니다.

우주선의 속도가 이 정도로 빨라지면 우주선 내의 시간이 천천히 흐른다는 것쯤은 다들 아실 테죠? 네, 그렇습니다. 비록 우주선이 2097A에 도달하려면 오십 년이 걸리지만 우주선에 타고 있는 제 시계로는 불과 몇 주 만에 블랙홀까지 도달할 수 있었던 것입니다.

그래서 저는 인류 최초로 블랙홀을 탐사한 사람이라는 명예도 덤으로 누릴 수 있게 되었습니다. 제가 개발한 반중력 기술 덕분에 이렇게 먼 거리의 블랙홀에 대한 탐사가 가능해졌고, 그 기술을 개발한 당사자가 바로 첫 번째 탐사자의 영광을 안게 되어 몹시 자랑스럽기도 했습니다. 보통 이런 경우 탐사 기술을 개발한 사람들은 지구의 관제 센터에 앉아 훈수나 두고 첫 탐험의 영광은 몸 좋고 건장한 우주비행사들의 차지였는데 말입니다.

반중력 실드에 둘러싸인 우주선에 올라 지구를 떠났던 때가 저의 시계로는 불과 한 달 전입니다. 반중력 물질 덕분에 과거의 우주선들 같은 엄청나고 화려한 불꽃 분사는 없었지만 그 대신 열기구가 떠오르는 것처럼 보이는 새로운 방식의 우주선 발사 과정을 경험할 수 있었습니다. 가볍게 지구 궤도 위로 올라온 인피니티호는 적재하고 있던 연료를 무중력 상태에서 분사해서 금방 속력을 높여 갔고, 불과 며칠 만에 광속에 근접하는 속도로 2097A를 향해 날아가기 시작했습니다.

어떤 사람들은 제가 태양계를 빠져나오면서 화성, 목성, 토성, 천왕성, 해왕성, 명왕성을 차례대로 구경할 것이라고 상상했지만, 인피니티호는 지구에서 2097A를 목표로 하여 거의 일직선으로 비행해 왔기 때문에 그런 경험은 하지 못했습니다. 행성들이 제가 지나가는 궤적에서 멀리 떨어진 곳에 있었기 때문입니다. 태양계를 떠나 카이퍼 벨트에 들어섰을 때도 우주선에서는 아무런 변화를 느낄 수가 없었습니다.

한 달간의 아광속 우주여행을 경험한 후 저는 2097A의 중력권에 도달했습니다. 아, 물론 인피니티호의 시간 기준으로 말입니다. 그사이 지구에서는 오십 년 넘는 세월이 흘렀겠지요. 의사의 선고를 받은 지 석 달 조금 넘는 정도의 시간밖에 지나지 않았지만 그사이 저의 건강은 눈에 띄게 악화되었습니다. 여섯 달 수명은 낙관적으로 예상한 것이었고 빠르면 서너 달 뒤에 죽음이 올 수도 있다고 했으니 이제 저의 수명은 얼마나 남았는지 알 수 없는 상황이었지요.

저는 의사가 고통을 참기 어려울 때 복용하라고 미리 처방해 준 모르핀을 복용하기 시작했습니다. 사건의 지평선에 도달할 때까지는 절대로 죽을 수 없다는 결의를 다지면서 말입니다. 조종실에 설치된 환자용 침대에 누워 있는 시간이 점점 더 늘어나기 시작했습니다. 다행히 블랙홀을 향해 직선으로 날아가는 데는 그리 복잡한 조종 작업이 필요 없어 대부분 인공지능에게 맡겨 놓을 수 있었고, 고맙게도 ESA의 엔지니어들이 선내에 훌륭한 자동 진료 시스템을 설치해 준 덕분에 고통스럽기는 했지만 조종실의 침대에 누워서 우주의 운명을 바라보는 정도는 충분히 할 수 있었습니다.

2097A의 중력권에 도달하여 속도를 감속하기 시작하고 얼마 지나지 않아 지구로부터 뜻밖의 통신이 수신됐습니다. 췌장암 진료법이 개발됐으니 서둘러 지구로 귀환하라는 내용이었습니다. 아마 제가 지구를 떠난 지 오래 지나지 않아 치료법을 개발하는 데 성공했나 봅니다. 통신

은 저의 아광속 우주선을 쫓아 광속으로 날아와 이제야 수신된 것이었을 테고요.

잠시 고민하면서 생각해 보았습니다. 남은 연료를 모두 긁어모아 지금까지 왔던 길을 돌아간다고 해도 앞으로 얼마나 남았는지 모를 수명이 다하기 전에 과연 지구에 귀환할 수 있을지 확신이 서지 않았습니다. 나날이 악화되고 있는 몸이 과연 그때까지 버텨 줄 수 있을지도 모를 일이었고요. 어쩌면 저는 애초의 바람과는 다르게 목성 궤도와 화성 궤도 사이 어딘가의 차가운 공간에서 숨을 거두는 허무한 죽음을 맞게 될지도 모릅니다.

그리고 운 좋게 죽지 않고 귀환해서 췌장암을 치료하더라도 지구는 백 년의 시간이 흐른 후일 텐데, 제가 알던 모든 사람이 이미 저세상으로 가 버린 세상에서 행복하게 살 수 있을 자신이 없었습니다. 게다가 이 우주선을 만들기 위해 가지고 있던 재산을 모두 써 버렸기 때문에 미래의 저는 무일푼 신세일 것입니다.

지구로 돌아가 백 년 후의 세상에서 생활해 보는 것도 나름 흥미로운 모험이었겠지만, 제가 지금 블랙홀에 뛰어들면 체험하게 될 경험을 예상해 보니 지구로 돌아가 삶을 이어가는 것도 왠지 하찮게 여겨지더군요. 그래서 지구에는 돌아가지 않겠다고 답신을 보내 버렸습니다.

회복될 가능성을 집어던지고 블랙홀에 뛰어들면 도대체 무엇을 볼 수 있기에 몸을 던지는 것인지 의아해하는 사람들도 많았을 것입니다. 췌장암을 선고받고 혼란스러운 시간을 지나는 동안, 제게는 '끝'을 보고 싶다는 생각이 문득 떠올랐습니다. 뭔가를 종결짓거나 마지막까지 밀어붙인다는 의미가 아니라 문자 그대로 이 세상, 이 우주의 끝을 보고 싶었다는 의미입니다.

제가 살던 21세기의 사람들은 블랙홀의 여러 특성 가운데 한 면만을 주로 알고 있었습니다. 바로 블랙홀의 인력에 이끌려 들어가 사건의 지평선에 접근하는 우주선에서는 시간이 더 느리게 간다는 사실이었지요. 영화 〈인터스텔라〉에서도 블랙홀의 중력장 속에 겨우 몇 시간 들어갔다 나온 우주선의 탑승자가 그사이 수십 년이 훌쩍 지나 버린 현실과 마주쳐야 했으니 블랙홀 근처에서 시간이 느리게 흐르는 현상은 많은 사람이 인식하고 있었다고 해야 할 겁니다.

하지만 사람들이 미처 주의를 기울이지 못했던 점은 블랙홀의 중력장 속에서 바깥쪽의 우주를 보면 시간이 굉장히 빠른 속도로 흘러간다는 사실입니다. 네, 당연한 이야기지요. 강한 중력장 속의 시간이 천천히 흘러간다면 그 중력장 속에서 바깥을 볼 때는 비디오를 64배속으로 돌리는 것처럼 시간이 빠르게 흘러가야 이치에 맞지 않겠습니까.

사건의 지평선에 가까워지면 가까워질수록 여기 인피니티호에서 바라보는 우주의 시간은 점점 더 빠른 속도로 흘러가게 됩니다. 여러분은 인피니티호가 사건의 지평선에 도달하는 데 시간이 얼마나 걸릴 거라고 생각하십니까. 인피니티호에 타고 있는 저를 기준으로 하면 불과 며칠밖에 걸리지 않습니다만, 지구나 다른 일상적인 우주 공간에서 인피니티호를 계속 관찰할 때 이 우주선이 사건의 지평선에 도달하는 데 얼마나 걸릴 것인가를 묻는 겁니다. 얼마나 걸릴 거라고 생각되십니까?

무한대의 시간이 걸립니다.

블랙홀의 중력장 밖에서 보면 인피니티호가 사건의 지평선에 점점 더 가까워지기는 하는데 가까워질수록 속도는 점점 느려지면서 감질나게 시간만 자꾸 흘러가는 모습으로 보일 것입니다. 어찌 보면 '제논의 역설'과 마찬가지죠. 결국 인피니티호는 우주가 끝날 때가 다 되어서야 사건의 지평선에 도달하게 됩니다.

반대로 인피니티호에 타고 블랙홀을 향해 날아가고 있는 저는 우주가 끝날 때까지 블랙홀의 중력장 밖에서 일어나는 모든 일을 관찰할 수 있게 되는 것이고요. 사건의 지평선에 가까이 갈수록 제게는 우주의 변화가 점점 더 빠른 속도로 보일 것이고 지평선에 도달하는 순간 우주의 끝이 어떻게 되는지도 아마 볼 수 있을 것입니다. 제가 정말로 하고 싶었던 것은 바로 이것이었습니다.

그래서 저는 지구로 우주선의 방향을 돌리는 대신 과감하게 2097A를 향해 전진하기로 결정했던 것입니다. 안녕, 지구와 태양계 그리고 어쩌면 가능했을지도 모를 지구 위에서의 내 인생.

블랙홀의 중력장 속에 들어서자 우주선은 다시 점점 가속되면서 계속 사건의 지평선을 향해 낙하해 갔습니다. 일주일 정도의 시간 동안 블랙홀에 서서히 근접하면서 앞으로 무한대의 시간 동안 우주가 진화해 나가는 모습을 볼 수 있을 거라고 저는 기대했습니다.

원래 보통의 우주선이 블랙홀에 자유낙하한다면 사건의 지평선에 도달하기 한참 전에 파괴되어 버릴 것입니다. 중력장의 작용 때문에 우주선의 수평 방향은 계속 줄어들게 되고 상하 방향은 늘어나는 인장력을 강하게 받기 때문입니다. 재미있게 표현하면 기다란 스파게티 국수 가락 같은 모양이 되고 그게 점점 더 심해져서 결국에는 우주선의 구조가 견디지를 못하고 부서지게 됩니다. 물론 우주선에 타고 있는 사람의 신체도 똑같이 스파게티 모양처럼 늘어나고 결국은 허리 부분이 끊어져 나가 살아남을 수 없습니다.

하지만 저에게는 반중력 실드라는 강력한 대처법이 있지요. 우주선을 스파게티처럼 만드는 블랙홀의 중력은 반중력 물질에 의해 차단되기 때문에 인피니티호나 저 자신은 국수 가락처럼 늘어지지 않고 우주선의 추진력을 이용하여 2097A를 향해 접근해 가면서 우주의 변화를 느긋하게 감상할 수 있는 것입니다.

인피니티호가 사건의 지평선에 점점 더 접근하면서 바깥쪽 우주의 시간 흐름은 갈수록 빨라졌습니다. 암이 급격하게 진전되고 있는지 고통은 갈수록 심해졌고 모르핀의 용량도 계속 늘어났지만, 병상에 누운 채로 커다란 전망창을 통해 바라보는 우주의 변화도 그만큼 역동적이고 화려해져 갔습니다.

인피니티호가 사건의 지평선에 가까워지면서 저의 눈앞에는 안드로메다 은하가 점점 더 거대해지는 장관이 보이기 시작했습니다. 혹시 안드로메다 은하를 직접 보신 적이 있으십니까? 별이 쏟아져 내릴 것 같은 맑은 밤하늘에 떠 있는 은하를 보면서 우주 공간에 나 자신도 함께 떠 있는 것 같은 느낌을 경험해 보신 적이 있다면 그보다 몇 배나 더 큰 안드로메다 은하가 눈앞에 나타났을 때 제가 느꼈던 그 전율스러운 경이감을 아마 이해하실 수 있을 겁니다.

사실 은하들은 고정된 위치에 있는 것이 아니고 끊임없이 움직이면서 서로 가까워지기도 하고 멀어지기도 합니다. 그 가운데 안드로메다는 우리 은하에 빠른 속도로 접근해 오는 은하이고요. 그래서 제가 사건의 지평선에 가까이 갈수록 안드로메다도 점점 더 우리 은하에 다가오면서 더욱더 크게 보이게 되었던 것입니다.

며칠 동안 계속 그렇게 크기가 커지던 안드로메다가 드디어 은하수와 만났습니다. 사실 밤하늘의 은하수는 우리 은하의 단면입니다. 안드로메다가 은하수를 만났다는 이야기는 두 은하가 근접해서 직접 상호작용을 하기 시작했다는 이야기가 되고요. 나선형이던 은하가 붕괴되는 모습을 보신 적 있으십니까? 저는 봤습니다. 밝게 빛나던 안드로메다의 나선 팔이 풀어지며 우리 은하와 합쳐져 더욱

거대한 은하를 형성하는 장관을 보고 있노라니 지구에서의 평온한 죽음을 버리고 이 차가운 블랙홀의 중력권으로 뛰어든 제 인생이 가치 있는 삶처럼 느껴졌습니다.

안드로메다와 우리 은하가 하나로 합쳐진 후에는 궁수자리 방향에 밝고 거대한 빛의 무리만 남고 소용돌이 형상이 완전히 사라졌습니다. 두 개의 은하가 한 몸으로 합쳐지면서 나선 팔이 없는 타원 은하가 되고 '밀코메다'라는 이름의 새로운 은하가 탄생한 것입니다.

저와 같은 시대에 살았던 천문학자들은 정말 대단한 사람들이었던 것 같습니다. 우리 은하와 안드로메다 은하가 하나로 합쳐질 무렵이면 근처에 존재하는 소규모 은하들을 모두 빨아들여 하나의 거대 타원 은하를 이룰 것이라고 벌써 수십억 년 전에 정확히 예언했으니 말입니다.

정말로 그렇게 되었습니다.

그런데 두 개의 은하가 합쳐지는 장관을 경험하고 나서 나머지 우주 공간을 둘러보니 몹시 슬퍼졌습니다. 안드로메다만이 아니라 다른 은하들까지 모두 사라져 버렸기 때문입니다.

20세기에 우주의 팽창이 발견된 이후로 사람들은 언젠가 우주가 다시 수축하는 방향으로 반전될 것으로 막연히 생각했고 우주가 수축과 팽창을 반복하며 영원히 유지될 것이라고 기대했습니다. 그러나 제가 살던 21세기의 천문학자들은 우주가 영원히 팽창하기만 할 뿐이라고 예측했지요. 시간이 지남에 따라 우주는 영원히 계속 팽창하고 대부분의 은하는 서로 관측할 수 없을 만큼 멀리 떨어진 채로 종말을 맞을 것이라고.

제가 블랙홀에 뛰어들어 무한대의 시간을 경험해 보고 싶었던 이유 가운데 하나는 정말로 우주가 끝없이 팽창할 것인가 하는 궁금증 때문이었습니다.

우리 은하와 함께 같은 국부 은하군에 속했던 안드로메다나 마젤란 은하들은 인력 때문에 서로 끌어당겨서 모두 밀코메다 은하에 합쳐졌지만 국부 은하군 이외의 다른 은하들, 처녀자리 초은하단이나 라니아케아 초은하단의 다른 은하들은 예상대로 우주의 저 끝으로 사라져 버려 더 이상 관측되지 않았습니다. 그들은 빛조차 닿지 못하는 머나먼 저편으로 가 버렸고 아마 우주의 수명이 다할 때 지금 제가 속한 이 타원 은하 밀코메다와 똑같은 운명을 밟게 될 것입니다.

간단히 계산해 보니 블랙홀 바깥의 시간은 이미 사십억 년 넘게 흘렀더군요. 이제 제가 알던 태양계와 지구는 더 이상 존재하지 않습니다. 태양의 수명이 다할 만큼 시간이 지나기도 했고 설령 아직 폭발하지 않은 채 수명이 몇억 년 정도가 더 남았다 하더라도 크게 팽창해서 이미 지구를 삼켜 버렸을 테니까요. 인류는 초광속 우주여행 기술을 개발해서 태양계를 탈출했을까요? 세대 간 우주선을 이용해서 은하계로 퍼져 나갔을까요?

아니면…… 그냥 멸망해 버렸을까요? 우주의 끝을 향해 시간이 급류처럼 흘러가고 있는 지금 여기서 생각해 보면 어떻게 되었든 상관없는 일입니다. 어차피 우주의 시간은 언젠가 다할 테니까요.

블랙홀 밖에서 시간의 흐름은 점점 더 가속되었고 인피니티호 안에서 저는 불과 하루 동안에 은하의 탄생과 발달과 죽음까지의 과정을 마치 병아리가 태어나고 자라는 모습을 보듯이 관찰할 수 있었습니다. 이상하게 들리시겠지만 은하도 늘 같은 모습으로 유지되는 것이 아니라 태양이나 항성처럼 태어나고 성장하고 노쇠하고 죽음을 맞이합니다.

갈수록 빨라지는 블랙홀 바깥쪽 시간의 흐름 때문에 저의 시간 기준으로는 겨우 어제 태어난 밀코메다 은하가 벌써 노쇠한 티를 내기 시작했습니다. 새롭게 탄생하는 별들의 광채가 눈에 띄게 줄어들더군요. 아마 성간물질이 희박해지면서 새로운 별들의 탄생이 둔화되는 단계에 들어선 모양입니다. 눈에는 보이지 않지만 이 정도 단계가 되면 밀코메다의 중심부에 존재하던 초거대 블랙홀이 급격하게 팽창하기 시작합니다.

초거대 블랙홀의 팽창이 갈수록 빨라지는지 중심 방향의 별들 숫자가 급격하게 줄어들기 시작했습니다. 물론 별들이 거대 블랙홀로 빨려 들어가면서 보여 주는 빛의 향연은 아름답지만 또 한편으로는 슬프기도 합니다. 일단 저렇게 블랙홀의 중력권으로 빨려 들어가 버리면 우주가 끝날 때까지 다시 나올 수 없는, 돌이킬 수 없는 길을 가게 되는 것이니까요. 물론 저도 같은 길을 가고 있는 처지에 이런 감상에 젖는 것이 모순이기는 합니다만······.

예상외의 상황이 발생한 것은 바로 그때였습니다. 제가 목표로 삼아 날아가고 있던 블랙홀 2097A가 은하 중심의 초거대 블랙홀의 인력에 서서히 끌려들어 가고 있다는 사실을 깨달았기 때문입니다. 이것은 수십억 년 전에 지구를 출발할 때 미처 예상하지 못한 일이었습니다. 예측 가능한 일이기는 했지만 미처 거기까지는 생각이 미치지 않았던 것이지요. 원래 제 계획은 2097A의 사건의 지평선에 이를 때까지 인피니티호를 타고 가면서 우주의 끝을 본다는 것이었는데, 이 블랙홀 자체가 다른 블랙홀에 흡수될 수도 있다는 예상은 전혀 고려하지 못했습니다.

2097A는 빠른 속도로 은하 중심을 향해 움직여 갔습니다. 당연히 인피니티호도 따라서 끌려갔고요. 실제로는 수억 년에 걸친 느릿한 이동이었겠지만 인피니티호가 사건의 지평선에 가까이 갈수록 점점 더 시간이 빨리 흐르게 되어 제게는 마치 시뮬레이션이 진행되듯 불과 몇 시간 사이에 일어난 일처럼 보였습니다.

병든 육신의 고통을 적정량의 몇 배나 되는 용량의 모르핀으로 견디며 다다른 밀코메다 중심의 초거대 블랙홀은 문자 그대로 정말 거대하더군요. 거리가 상당히 멀리 떨어져 있는데도 불구하고 사건의 지평선이 굉장히 넓은 시야각을 차지하면서 제 눈앞에 압도적인 자태를 보여 주고 있었습니다.

처음에는 눈앞에 보이는 것이 믿기지 않았습니다. 저 앞에 존재하는 것은 수만 개의 항성 질량을 가진 초거대 블랙홀일 것이고, 그렇다면 사건의 지평선도 그에 맞게 거대해서 우주의 넓은 영역을 완전한 암흑으로 가리고 있어야 하는데, 글쎄 인피니티호 앞에는 마치 태양처럼 강렬한 가시광선을 내뿜는 무언가가 자리 잡고 있는 것 아니겠습니까?

어쩌면 영화 같은 기적이 진짜로 일어나서 제가 시간을 거슬러 어느 항성계에 도달했을지도 모른다고 착각했습니다. 지금 남아 있는 연료로 2097A의 중력권을 탈출해서 저 항성계의 행성들을 탐사할 시간이 있으면 좋겠다고 상상해 보기도 했고요.

그렇지만 밝게 빛나는 거대한 별을 다시 바라보다가 그게 아니라는 것을 깨달았습니다. 역시 저것은 항성이 아니라 블랙홀이었고 태양처럼 밝게 빛나는 저 표면은 항성의 표면이 아니라 사건의 지평선이었습니다. 사건의 지평선이 암흑처럼 어둡지 않고 태양 표면처럼 밝게 빛나 보이는 이유는 '호킹 복사' 때문이었던 것입니다. 놀랍게도 수십억 년 전의 스티븐 호킹은 옳았습니다!

20세기 말까지 많은 사람이 사건의 지평선 안쪽에서는 아무것도 밖으로 나올 수 없고 블랙홀은 완벽하게 검은색이라고 믿었습니다. 하지만 스티븐 호킹은 양자역학적 효과를 함께 고려하면 사건의 지평선에서 빛이 방출될 수도 있다고 예언했었지요. 일반적인 크기의 블랙홀에서는 호킹 복사가 아주 미약하기 때문에 사람의 눈에는 여전히 사건의 지평선 안쪽이 검게 보이지만, 블랙홀의 질량이 커지면 커질수록 점점 더 호킹 복사는 강해지고 제가 끌려가고 있는 은하 중심의 초거대 블랙홀 정도 크기에 이르면 아이러니하게도 블랙홀에서 눈으로 볼 수 있을 만큼 강한 빛이 나오게 되는 것입니다. 호킹의 예언은 옳았고 저는 태양처럼 환하게 빛나는 블랙홀이라는 이율배반적인 존재의 증명을 지금 눈으로 목격하는 또 하나의 경이적인 체험을 하게 되었습니다.

잠시 기분이 좋아졌습니다. 처음 이 계획을 세우고 지구를 떠나올 때만 해도 머릿속에 그렸던 저의 최후는 어둡고 황량한 블랙홀로 빨려 들어가는 최후의 인간이었는데 실제로는 은하 중심의 초거대 블랙홀로 이끌려 온 덕분에 화려한 빛의 향연 속으로 뛰어들며 최후를 맞을 수 있게 되었으니까요.

2097A와 인피니티호는 밝게 빛나는 사건의 지평선에 점점 가까이 다가갔고 눈에 보이는 모든 별이 서서히 빛을 잃어 가기 시작했습니다. 이제 밀코메다 은하의 별들은 생성되고 폭발하고 블랙홀이 되기를 수백억 년 반복하다가 끝내 모든 물질이 소진되어 버린 모양입니다. 이제 우주의 끝, 시간의 끝에 거의 다다른 것 같습니다.

우주는 별빛 하나 없이 황량한 암흑으로 퇴색해 버렸고 초거대 블랙홀만 홀로 남아 이름에 걸맞지 않게 이글이글 불타오르며 휘황한 빛살을 내뿜고 있을 뿐입니다. 인피니티호의 시간으로 불과 몇십 분 뒤면 저는 2097A의 사건의 지평선에 도달할 것이고 그와 동시에 2097A도 초거대 블랙홀의 사건의 지평선에 도달할 것입니다. 드디어 얼마 남지 않았던 삶을 바쳐서 제가 도달하고 싶어 했던 '끝'입니다.

여기까지 왔을 때 뭔가 다른 것이 나타날 것이라고 저는 전혀 기대하지 못했습니다. 그런데 신기하게도 우주는 마지막까지 예상을 벗어나는 또 하나의 이벤트를 준비해 두었더군요. 느닷없이 인피니티호에 통신이 잡힌 것입니다. 처음 수신 장치가 작동했을 때는 귀신에 홀린 줄 알았습니다. '죽을 때가 되니까 헛것이 다 들리네. 혹시 모르핀의 부작용으로 환청이 들리는 건가?'라고 생각했을 정도로 말입니다. 하지만 그건 정말로 다른 우주선에서 송신된 통신 신호였습니다. 그 내용은 도무지 제가 이해할 수 없는 언어 체계였지만 누군가 지성을 가진 생명체가 보낸 시그널이라는 점은 확실히 알 수 있었습니다. 어차피 상대가 알아들으리라고는 기대하지 못했지만 인피니티호에서도 답신을 보냈고 레이더를 이용해서 통신 거리 이내에 무언가 우주선 같은 존재가 있음을 감지했습니다.

그럼 그렇지. 이유가 뭔지는 모르지만 블랙홀에 뛰어들 생각을 했던 생명체가 은하 내에 저 하나만은 아니었던 모양입니다. 수백억 년의 역사 동안 당연히 또 있었겠지요. 블랙홀은 셀 수도 없이 많으니 우연히 같은 블랙홀에서 만날 가능성은 극히 낮지만, 제가 경험하고 있듯이 종국에는 밀코메다 중심의 초거대 블랙홀에 이끌려 모두 한곳으로 모이다 보니 이렇게 조우하게 되는 것도 있을 수 없는 일은 아니라고 납득했습니다.

이해할 수 없는 내용의 통신을 보낸 저 비행체에는 누가, 혹은 무엇이 있을까요? 화성의 공주님 데자 토리스일까요, 아니면 알을 부화시킬 희생양을 찾는 에일리언일까요? 아무려면 어떻습니까. 어차피 우리는 만나지 못한 채로 사건의 지평선에 도달하여 우주와 시간의 끝을 마주할 텐데요. 만난다고 해도 저보다 몇억 년 전이나 후의 생명체일 가능성이 높으니 의사소통도 안 될 겁니다. 통신으로 서로의 존재를 인식한 것만도 기적이지요.

그래도 완벽한 고독 속에서 생을 끝마치는 것보다는 누군가 함께 가는 것이 왠지 안정된 느낌을 주네요. 저 생명체는 어떻게 생각하고 있을지 모르겠지만 적어도 인류는 사회적 동물이 맞나 봅니다. 다른 생명의 존재를 인지하는 것만으로도 이렇게 감정이 달라지다니 신기하기 그지없습니다.

이제 사건의 지평선까지는 한 시간도 남지 않았습니다. 우주의 수명이 다하듯이 저의 수명도 다했는지 더 이상 고통을 참아 내기가 어렵군요. 마지막으로 남은 모르핀을 모두 투여했습니다. 약 기운 때문에 정신을 차리기 힘들지만 남은 힘을 다해 기록을 하고 끝을 보려고 합니다. 이제는 이 기록을 남기는 일도 더 이상 하기 어려울 것 같습니다.

저는 왜 이 기록을 남기고 싶었던 것일까요? 우주는 끝이 났고 제 언어와 문자는 아무도 이해하지 못할 것이며 누구도 볼 수 없을 것임에도 무엇 때문에 기록을 남기고 싶었는지 저 자신조차 잘 이해가 안 갑니다. 아마 누군가 함께 간다는 느낌이 안정감을 주듯이, 무언가 기록해서 남겨 놓는다는 느낌이 허무한 감정을 완화해 주기 때문 아니었을까 나름 짐작할 따름입니다.

베토벤 9번 교향곡 〈합창〉의 4악장을 선내 오디오로 듣기 시작했습니다. 몇 분 후에 이 곡의 클라이맥스가 울려

퍼질 즈음이면 인피니티호는 마침내 사건의 지평선에 도달할 것입니다. 최후의 환희에 딱 맞는 음악인 듯합니다.

이제 후회는 없습니다. 인피니티호의 시계로는 불과 몇 달밖에 살지 못했지만 우주가 끝날 때까지 살아남았고, 대부분의 사람보다 짧은 수명을 부여받았지만 그 누구보다 수명이 길었으며, 비록 자손을 남기지 못했지만 다른 누구의 자손보다도 오래도록 생존했습니다. 그리고 마침내 우주 모든 것의 끝을 보는 행복을 누렸습니다.

이제 숨이 가빠 옵니다. 그래도 저는 지금 죽을 수 없습니다. 전망창이 펼쳐진 환자용 침대에 누워 마약에 취한 채로 통증을 참아 가며 버티고 있지만 진정한 끝, 사건의 지평선에 도달하는 순간까지는 절대로 죽을 수 없습니다. 모르핀의 효능이 최고조에 달해서 눈앞에 보이는 저 멋진 광경이 진짜인지 환상인지 구분이 가지 않네요. 사건의 지평선이 바로 코앞에 있는 지금 저의 시야는 온통 환한 빛의 환희로 가득 차 있습니다.

안녕, 나의 우주. 나는 곧 사건의 지평선에 도달합니다. 거기에 닿으면 무슨 일이 일어날까요? 그건 아무도 모릅니다. 사건의 지평선 너머 무한대의 저편에 무엇이 기다리고 있을지 그 누가 알 수 있겠습니까.

# 블랙홀의 물리학

### ❶ 반중력

SF에서 반중력은 보통 두 가지 의미로 사용됩니다. 첫 번째는 중력을 차단한다는 뜻으로 사용되는 경우입니다. 과학 시간에 배운 만유인력의 법칙에 따라 모든 물체는 서로 끌어당기는 인력이 존재하고 이것이 바로 중력이지요. 물체가 있으면 반드시 중력이 존재합니다. 우리가 흔히 무중력 상태라고 말하는 지구 궤도 위에서도 사실은 지구의 중력이 작용하고 있습니다. 단지 궤도 위를 회전하는 인공위성에 작용하는 원심력이 지구의 중력을 상쇄해 주기 때문에 마치 중력이 없는 것처럼 보일 뿐입니다.

두 번째로 질량을 가진 물체끼리 아예 밀어내는 힘을 반중력이라고 말하기도 합니다. 독자 여러분께서는 아마도 자석의 같은 극끼리는 서로 밀어내고 다른 극끼리는 끌어당긴다는 사실을 과학 시간에 배우신 적이 있을 것입니다. 자기력이나 전기력은 서로 끌어당기는 힘과 밀어내는 힘이 존재하는 데 반해 중력은 오직 끌어당기는 힘밖에 없습니다. 그래서 우리가 아직 모를 뿐이지 혹시 중력에도 서로 밀어내는 힘이 존재하지 않을까 상상하는 사람들이 있습니다. 이렇게 물체끼리 서로 밀어내는 중력을 반중력이라고 말하기도 합니다.

소설 「스스로 블랙홀에 뛰어든 사나이」에서 소재로 삼은 반중력은 첫 번째 의미의 반중력입니다. 현재의 과학으로서는 소설에 나오는 것과 같은 반중력의 원리를 찾아낼 가능성도 없고 반중력 장치를 기술적으로 실현할 방법도 없습니다. 흥미로운 공상이지만 아쉽게도 반중력 기술은 아직 SF에서만 등장하는 상상의 산물입니다. 하지만 SF에서는 빈번히 등장하는 클리셰이기도 합니다.


❷ 블랙홀

영화 〈인터스텔라〉의 인기 덕분에 블랙홀에 대해 들어보신 분들도 많아졌고 블랙홀의 여러 신기한 특성에 대한 상식도 많이들 알고 계십니다.

태양과 같은 별(항성)들도 사람처럼 수명이 있습니다.

우리 태양 같은 경우 수명이 대략 백억 년 정도 됩니다. 수명이 다하고 나면 별들이 폭발하게 되는데, 폭발 후에 남은 찌꺼기들은 중력 때문에 계속 쪼그라들기 시작합니다. 이때 남은 찌꺼기들의 질량이 작으면 백색왜성이라는 것이 되고, 질량이 중간 정도이면 중성자별이 되고, 질량이 크면 우리가 아는 블랙홀이 됩니다.

백색왜성이나 중성자별은 쪼그라들다가 어느 정도 한계에 다다르면 더 이상 수축하지 않고 정지하지만, 블랙홀은 수명을 다한 별의 남은 질량이 너무 크기 때문에 끝없이 계속 쪼그라들어서 결국에는 부피가 0인 하나의 점으로 완전히 수축해 버립니다. 이상하게 들리시겠지만 부피가 완전히 0이 되고 밀도는 무한대가 된다는 이야기입니다.

이런 블랙홀이 한번 만들어지면 보통의 상식으로는 이해하기 힘든 이상한 현상들이 블랙홀 주변에서 일어나기 시작합니다. 〈인터스텔라〉를 보신 분들은 다들 아시겠지만 블랙홀에서 멀리 떨어진 곳과 비교할 때 블랙홀 근처에서는 시간이 훨씬 느리게 흘러갑니다.

블랙홀 가까운 곳에서 시간이 느리게 흘러가는 이유는 블랙홀의 강한 중력 때문입니다. 아인슈타인의 일반상대성이론에 따르면 중력이 강할수록 시간은 점점 더 느리게 흘러가거든요. 그리고 엄밀히 말하자면 시간이 느리게 흘러가는 현상은 블랙홀 주변에서만 일어나는 일이 아닙니다. 중력이 있는 곳에서는 어디서나 중력의 강도에 따라 조금씩 시간이 다르게 흘러갑니다. 심지어 지구에서조차 땅 위와 높은 하늘에서 정밀한 시계로 시간을 측정해 보면 중력이 약한 하늘 쪽에서 아주 약간이나마 시계가 천천히 돌아가는 것을 실험으로 확인할 수 있습니다. 단지 블랙홀 주변은 워낙 중력이 강하기 때문에 〈인터스텔라〉의 이야기처럼 몇십 년이나 되도록 큰 시간 차이가 생겨나는 것입니다.

블랙홀의 또 다른 특성은 그 주변에 '사건의 지평선'이라는 것이 생겨난다는 사실입니다. 부피가 0이 되어 버린 별의 찌꺼기를 중심으로 동그란 공 모양으로 사건의 지평선이 생겨나고, 그 사건의 지평선 안쪽으로부터는 아무것도, 정말 아무것도 나올 수가 없게 됩니다. 심지어 우주에서 제일 빠르다는 빛조차도 사건의 지평선 안쪽에서 바깥쪽으로는 빠져나오지 못합니다. 중심에 있는 부피 0인 찌꺼기들의 중력이 너무나 강하기 때문에 빛의 속도만큼 빨리 달려도 중력에 붙잡혀 탈출할 수가 없기 때문입니다.

블랙홀이라는 명칭 자체는 문자 그대로 '검은 구멍'이라는 뜻인데요, 이런 죽은 별들이 검은색 구멍처럼 보이는 이유가 바로 사건의 지평선 때문입니다. 사건의 지평선을 바깥에서 보면 빛도, 다른 무엇도, 정말 아무것도 나오지 않으며 완전히 검은색으로 보이게 되니까 블랙(black)인 것이고, 동그란 구를 한쪽에서 바라보면 원형으로 보이게 되므로 마치 구멍(hole)처럼 느껴지게 되니까 검은 구멍, 즉 블랙홀이라는 이름을 얻게 된 것입니다.

그러면 반대로 사건의 지평선 바깥에서 안쪽으로 들어가는 것은 어떨까요? 그건 가능합니다. 바깥쪽에서 로켓을 몰고 사건의 지평선을 향해 날아가면 원리적으로 아무 문제없이 지평선을 통과해서 안쪽으로 들어갈 수 있습니다. 단지 한번 들어가면 다시는 방향을 돌려 사건의 지평선 밖으로 빠져나올 수 없을 뿐입니다.

간혹 블랙홀의 실제 모습을 잘못 이해하는 사람들(그 가운데 일부는 전문가를 자칭하는 사람도 있습니다)은 블랙홀을 단순히 검고 거대한 바위 덩어리처럼 생각하는 경우가 있습니다. SF 중에서도 그런 식으로 블랙홀을 묘사해 놓은 작품도 의외로 많이 있고요. 마치 자석에 쇠붙이가 달라붙듯이, 블랙홀 근처를 지나가던 우주선이 철컥하고 거대한 돌덩어리 행성 블랙홀에 끌려가서 우주선은 그 표면에 붙어 있고 승무원들은 강한 중력 때문에 모두 바닥에 짓눌린 채로 헉헉대고 있다는 식으로 말입니다.

당연히 그런 묘사는 사실과 다릅니다. 블랙홀은 크기(부피)를 갖는 어두운 행성이 아닙니다. 앞서 말씀드린 대로 블랙홀 자체는 아예 크기가 없고(부피가 0이고) 사건의 지평선은 단순히 우주 공간의 어떤 위치일 뿐 행성의 표면이 아닙니다. 그리고 원리적으로 아무런 제약 없이 사건의 지평선을 지나서 안쪽으로 들어갈 수 있습니다. 단, 앞서 말한 대로 들어가는 것만 가능하고 나오는 것은 안 됩니다.

그렇기에 이 소설에 묘사된 바와 같이 주인공이 우주선을 타고 사건의 지평선을 향해 돌진하는 것 자체는 단순한 공상이 아니고 과학적으로 얼마든지 있을 수 있는 일입니다. 단지 현재 기술로는 가장 가까운 블랙홀조차 사람의 수명이 다하기 전에 우주선으로 도달할 수 없을 뿐입니다.

만약 우리가 소설의 내용처럼 진짜로 우주선에 타고 사건의 지평선을 향해 날아간다면 어떤 일이 일어날까요? 여러분께서 〈인터스텔라〉에서 보셨던 바로 그 현상,

시간이 느려지는 일이 일어납니다. 블랙홀 주변은 중력이 굉장히 강하기 때문에 사건의 지평선에 가까이 가는 것만으로도 강한 중력을 받아서 우주선 내부의 시간이 느려지는 것입니다. 그리고 사건의 지평선에 가까울수록 중력이 점점 더 강해지므로 우주선에 타고 있는 우리의 시간도 갈수록 점점 더 느려지게 됩니다.

우주선의 추진력만 충분하다면 사건의 지평선을 향해 날아가다가 갑자기 마음이 변해서 방향을 돌려 다시 돌아 나올 수도 있습니다. 그러면 〈인터스텔라〉에서 여러분이 보신 것처럼 우주선에 타고 블랙홀에 가까이 갔던 우리는 시간이 몇 시간밖에 지나지 않았는데 지구에서는 그사이 수십, 수백, 수천 년의 시간이 흘러가 버리는 일이 벌어지는 것이지요.

그럼 여기서 반대로 블랙홀의 중력을 받으며 우주선 속에 있는 우리가 바깥세상을 바라본다면 어떻게 보일까요? 우리는 시간이 느리게 가니까 우리가 바라보는 중력장 바깥쪽 세상은 시간이 빠르게 흘러갑니다. 다시 한번 〈인터스텔라〉를 인용해서 설명해 드리자면 블랙홀에 가까운 여러 행성에 착륙했던 인물들이 망원경을 통해 블랙홀 바깥의 세상을 관찰했다면 수십 년의 시간이 불과 몇 시간 동안 순식간에 지나가는 현상을 볼 수 있었을 것입니다. 물론 영화의 인물들은 착륙한 블랙홀의 주변 행성에서 여러 모험을 하느라 그럴 틈이 없었지만 말입니다.

여기까지 읽으셨으면 소설 「스스로 블랙홀에 뛰어든 사나이」에 적용된 기본적인 과학 원리를 납득하실 수 있을 것입니다. 우리가 우주선을 타고 블랙홀을 향해 날아가면 블랙홀의 강한 중력 때문에 우주선 안의 시간이 느리게 갑니다. 그리고 우주선에서 바깥쪽 우주를 관찰하면 반대로 시간이 엄청나게 빨리 흐르면서 우주가 오랜 시간 동안 변화하는 모습을 짧은 시간 내에 볼 수 있습니다. 이 소설은 기본적으로 블랙홀을 향해 가는 우주선에 올라탄 주인공이 중력장 바깥쪽 우주의 변화를 바라보는 이야기입니다.

그러면 우리가 타고 있는 우주선이 사건의 지평선에 도달하려면 얼마나 시간이 걸릴까요? 그 대답은 우주선에 타고 있는 우리를 기준으로 하느냐 바깥쪽 우주에서 우리를 관찰하는 사람들을 기준으로 하느냐에 따라 달라집니다.

우주선에 타고 블랙홀을 향해 가고 있는 우리의 시간 기준으로 하면 사건의 지평선에 도달하는 데 걸리는 시간은 그저 며칠, 몇 주, 혹은 몇 달입니다. 그저 우리 우주선이 얼마나 빠르냐에 달려 있을 뿐입니다. 당연히 빨리 날아가면 금방 도달하고 속도가 늦으면 오래 걸립니다.

그런데 바깥쪽 우주에서 보면 우리 우주선이 사건의 지평선에 도달하는 데 무한대의 시간이 걸리는 것처럼 보이게 됩니다! 왜 그런 이상한 일이 일어나느냐 하면, 사건의 지평선에 가까워질수록 중력은 점점 강해지고 그 때문에 시간도 점점 더 느리게 가서 우주선의 속도가 갈수록 느려지게 되기 때문입니다. 목적지에 가까울수록 속도가 늦어진다면, 얼핏 생각할 때 '아무리 느려지더라도 계속 앞으로 가면 언젠가는 사건의 지평선에 도달하지 않을까?'라고 생각되지만 아인슈타인의 일반상대성이론에 따라 계산해 보면 무한대의 시간이 걸린다고 답이 나옵니다.

이런 상황을 정리해 보겠습니다. 블랙홀 바깥에서 우리가 타고 있는 우주선을 보면 갈수록 시간도 느려지고 속도도 느려져서 조금씩 조금씩 가까이 가기는 하지만 영원히(무한대의 시간 동안) 사건의 지평선에 도달하지 못합니다. 반면에 우주선 내부에서 바깥 우주를 관찰하면 갈수록 시간의 진행이 빨라지게 되고, 마지막에 우리 우주선이 사건의 지평선에 도달할 때가 되면 무한대의 시간 또는 말 그대로 영원의 시간이 흘러가서 우주의 수명이 다하는 '모든 것의 궁극적인 끝'을 볼 수 있게 되는 것이지요.

이 소설의 주인공이 경험한 것이 바로 이런 과학적 내용입니다.

### ❸ 지구, 태양계, 우리 은하 그리고 우주 전체의 미래

그렇다면 사건의 지평선을 향해 날아가는 우주선에서 관찰되는 블랙홀 바깥쪽 우주의 모습은 어떻게 변화되어 갈까요? 이 질문은 우리 지구, 우리 태양계, 우리 은하 그리고 최종적으로 우리 우주 전체가 앞으로 어떤 미래를 맞이할지에 대한 의문입니다. 저를 포함해서 이 글을 읽고 계신 분들 대부분은 아마 백 년 뒤까지 살아 있지 못하시겠지만 그래도 머나먼 미래에 이 우주에 무슨 일이 일어날지는 역시 궁금하실 거라고 생각합니다.

우선 우리 태양은 앞으로 수명이 오십억 년 정도 남아 있습니다. 오십억 년 후에는 수명이 다해 큰 폭발을 일으킬 것이고 그때가 되면 지구, 화성, 금성, 목성, 해왕성 같은 태양계는 폭발에 그대로 날려가 버릴 것입니다(그때까지 인류가 지구에 살아남아 있다면 어떻게 해서든 태양계 밖으로 이주해야만 합니다). 지구와 태양계는 더 이상 존재하지 않으리라 예상됩니다. 그리고 태양이 있던 자리에는 아마 폭발하고 남은 태양의 찌꺼기가 남아 백색왜성이 생겨날 것입니다. 우리 태양은 블랙홀이 되기에는 질량이 너무 작거든요.

다음으로 우리 태양계가 속해 있던 우리 은하(Milky Way Galaxy)의 미래가 어떻게 될지를 알아보겠습니다. 우리 은하는 2~4천억 개 정도의 별(항성)들이 모여 있는 집단으로 그 안에서 계속 별들이 새로 생겨나고 수명이 다한 후에는 폭발해 버리는 과정이 끊임없이 이어지고 있습니다.

우리 은하는 기본적으로 납작한 원반처럼 생겼습니다. 다시 말해서 별(항성)들이 납작한 원반 모양처럼 모여 있다는 뜻입니다. 그런 은하 속에서 우주를 바라보면 당연히 원반이 펼쳐져 있는 방향으로는 별들이 많이 보여 어두운 밤하늘에서 상대적으로 밝은 길이나 띠가 있는 것처럼 보이게 되고 이것이 우리 지구의 밤하늘에 보이는 은하수의 실체입니다. 그러니까 밤하늘의 은하수를 보는 것은 사실 우리 은하의 옆모습 단면을 보고 있는 것입니다.

광대한 우주 공간에 은하가 우리 은하 하나만 존재하는 것이 아닙니다. 다른 은하들도 있습니다. 우리 은하 가까이에 우리 은하만큼이나 큼직한 은하가 또 하나 있는데 그게 바로 유명한 안드로메다 은하입니다. 가깝다고 해도 거리는 무려 이백오십만 광년, 그러니까 초속 삼십만 킬로미터의 속도로 빛이 이백오십만 년을 달려야 겨우 도달할 수 있는 엄청난 거리입니다. 그래도 광활한 우주 전체의 크기에 비하면 아주 가까운 것이고 다른 수많은 은하들보다는 가까운 것이랍니다. 안드로메다 은하는 밤하늘이 아주 맑을 때 맨눈으로도 관찰할 수 있습니다.

재미있는 사실은 은하들조차도 수명이 있어서 생겨나고 없어지고 때로는 은하들끼리 만나서 합쳐지기도 한다는 것입니다. 또한 은하들은 우주에서 항상 같은 자리에 있는 것이 아닙니다. 은하도 움직입니다. 그리고 그 움직이는 방향도 다 제멋대로입니다. 그러다 보니 가까운 은하들끼리 만나고 합쳐지는 경우도 생기게 되는 겁니다.

안드로메다 은하와 우리 은하는 서로 가까워지고 있으며 대략 십억 년 정도 지난 후에 서로 만나 합쳐지게 될 것이라고 과학자들은 예상하고 있습니다. 두 은하가 합쳐져서 이루어질 새로운 은하는, 아직 생겨나지도 않았지만 과학자들이 벌써 이름을 지어놓았습니다. 바로 '밀코메다 은하(Milky Way Galaxy＋Andromeda Galaxy＝Milkomeda

Galaxy)'입니다. 소설 속에 언급된 밀코메다 은하가 바로 이것입니다. 십억 년 후에 우리 은하에 존재하는 사람은 밤하늘에서 아주 가까이 접근하여 이제는 아주 거대하게 보이는 안드로메다 은하와 우리 은하가 서로 만나 합쳐지는 장관을 구경할 수 있을 것입니다. 물론 그 합쳐지는 과정도 하루 이틀 사이에 일어나는 것은 아니고 몇억 년에 걸친 과정이기는 합니다만. 우주에서 일어나는 일의 시간 스케일이 보통 이 정도랍니다.

우주에 우리 은하랑 안드로메다 은하만 있는 것도 아닙니다. 밤하늘에 우리 눈으로 볼 수 있는 별들의 숫자(대략 오천 개 내외)보다 훨씬 더 많은 수의 은하가 존재하며 그 은하들이 모두 태어나고 발달하고 합쳐지고 사라지고 있습니다(물론 수십억 년의 시간 스케일로 말입니다). 그리고 그 많은 은하가 우주에 고르게 퍼져 있는 것도 아니라 끼리끼리 뭉쳐 있는 경우가 많습니다. 이렇게 가까이 모여 있는 은하들의 집단을 은하군이나 은하단이라고 합니다. 가까이 있다고 해 봤자 수백만 광년 단위로 모여 있는 것입니다만 그래도 백억 광년이 넘는 우주 전체의 크기에 비하면 상대적으로 가깝다고 할 수 있습니다.

우리 은하와 안드로메다 은하는 국부 은하군이라 불리

는 집단에 속해 있고, 국부 은하군은 처녀자리 초은하단이라는 집단에 속해 있으며, 처녀자리 초은하단은 라니아케아 초은하단이라는 아주 거대한 은하 집단의 일부입니다. 은하들의 소속 관계도 인간 세상처럼 층층이 복잡하기 그지없습니다.

과학에 관심 있는 독자분이라면 우주가 팽창하고 있다는 이야기를 한 번쯤 들어 보신 적이 있을 것입니다. 과학 교양서에서는 별과 별 사이의 거리가 점점 멀어진다고 간단히 설명하기도 하지요. 그런데 엄밀히 말하자면 우주가 팽창함에 따라 서로 멀어지는 것은 은하군 사이의 거리나 은하단 사이의 거리입니다. 같은 은하 내의 별들끼리는 우주의 팽창 때문에 거리가 멀어지거나 하지 않고, 우리 은하와 함께 국부 은하군에 속하는 은하들 사이의 거리도 크게 변하지 않습니다.

반면에 국부 은하군 바깥에 존재하는 다른 은하들(처녀자리 초은하단이나 라니아케아 초은하단에 속하는 은하들을 포함해서)은 우주가 팽창함에 따라 우리 국부 은하군과 점점 더 멀어져서 보이지 않게 되고 결국 최후에는 우리 국부 은하군에 속하는 은하들만 남게 될 것입니다.

그리고 남겨진 국부 은하군의 별들은 계속 생성되고

발달하고 폭발해서 죽어 가는 과정을 반복한 후에 마지막으로 아주 거대한 하나의 초거대 블랙홀을 이루게 될 것이라고 합니다. 참으로 황량하고 쓸쓸한 예언이지만, 우주에서 별들이 모두 사라져 버린다는 이야기입니다.

「스스로 블랙홀에 뛰어든 사나이」에서 주인공이 사건의 지평선에 가까이 감에 따라 무한에 가까운 시간이 흘러 더 이상 별들이 보이지 않게 되고 원래 목표로 했던 2097A가 또 다른 초거대 블랙홀로 끌려가는 상황은 이러한 과학적 예상을 제 나름 소설적으로 표현한 결과물입니다. 주인공은 블랙홀에 뛰어들어 사건의 지평선에 접근해 가면서 무한대의 긴 시간 동안 우주의 변화를 관찰할 수 있기 때문에 살아서 이 모든 광경을 볼 수 있을 것입니다.

### ❹ 스파게티화

저는 이 소설을 최대한 과학에 근거하여 썼습니다만 이야기를 전개하기 위하여 부득이하게 두 군데에서 비과학적인 설정을 할 수밖에 없었습니다. 첫 번째는 앞서 말씀드린 대로 반중력이 존재한다는 설정이었고, 두 번째가 지금부터 말씀드릴 '스파게티화'에 관한 것입니다.

블랙홀의 강한 중력에 이끌려 사건의 지평선을 향해

가는 사람이나 우주선은 당연히 엄청나게 강한 중력을 받습니다. 단순히 중력이 강하기만 할 뿐이 아니라 거기에 더해서 사람의 신체나 우주선의 각 부분마다 걸리는 중력의 차이도 점점 커지게 됩니다. 사람을 예로 들어 말해 보면 머리에 가해지는 중력과 발에 걸리는 중력이 다르게 된다는 이야기입니다.

이런 차이가 생기는 이유는 중력의 성질 때문입니다. 학교 과학 시간에 배우는 대로 중력은 거리가 멀어질수록 약해집니다. 엄밀하게 따지면 지구 위에서도 1미터 높이와 2미터 높이에서는 중력이 약간 다릅니다. 단지 그 차이가 워낙 작기 때문에 실제 생활에서는 느끼지 못할 뿐입니다. 그런데 블랙홀에 접근하면 중력 자체가 워낙 강해지다 보니 이 차이가 더 커져서 블랙홀로부터의 거리가 불과 1미터만 달라지더라도 중력의 차이가 어마어마해지는 것입니다.

이런 위치에 따른 중력의 차이 때문에 블랙홀에 아주 가까이 접근하는 사람은 블랙홀에 가까운 쪽이 먼 쪽보다 더 중력을 강하게 받아서 몸이 블랙홀을 향하는 방향으로 길어지게 됩니다. 우와, 그럼 블랙홀 방향으로 발을 향하고 있으면 통통한 내 몸매도 늘씬한 몸매로 바뀔 수 있는 걸까요? 네, 처음 잠깐은 그럴 수 있습니다. 이렇게 신체가(사실은 우주선의 선체도 마찬가지입니다) 블랙홀 쪽으로 가늘게 길어지는 현상이 스파게티의 국수 가락을 연상시킨다고 해서 '스파게티화(spaghetti化, spaghettification)'라고 합니다.

하지만 블랙홀에 가까이 가면 갈수록 머리 쪽과 발끝 쪽에 걸리는 중력의 차이가 더 커지게 되고 어느 한계를 넘어가면 신체가 길어지다 못해 견디지 못하고 절단되게 됩니다. 직설적으로 말하면 허리가 끊어져 죽게 된다는 뜻입니다.

그래서 우리에게 블랙홀 근처까지 날아갈 우주선이 있더라도 이 소설의 주인공처럼 살아 있는 채로 사건의 지평선에 도달할 수는 없습니다. 그리고 SF 소설가이기도 한 저는 이 문제를 첫 번째 비과학적인 설정인 반중력을 활용하여 '반중력 실드가 강한 중력장을 차단해 주니까 스파게티화 현상은 일어나지 않는다'는 식으로 해결했던 것입니다.

그런데 이렇게 반중력 실드로 우주선을 감싸 버리면 스파게티화 문제는 피해 갈 수 있지만 또 다른 모순이 생깁니다. 블랙홀 가까이에서 시간이 늦게 가는 이유는 바로 다름 아닌 강한 중력 때문인데, 그 중력을 실드로 차단해 버리면 시간이 느려지지 않기 때문에 소설에서처럼 주인공이 우주의 종말까지 생존할 수 없다는 문제가 발생하는 것입니다.

이 모순은 또다시 뭔가 비과학적인 가정을 설정하지 않으면 해결될 수 없기 때문에 저는 굳이 수정하지 않고 그대로 덮어 둔 채 이야기를 진행했습니다. 과학적으로는 분명히 앞뒤가 맞지 않는 설정이지만 소설을 전개하기 위하여 일부분 과학을 희생시킬 수밖에 없었습니다. 너그러이 양해해 주시면 감사하겠습니다.

### ❺ 호킹 복사

블랙홀에 대한 이야기를 들어 보신 적이 있는 분들은 각자 나름대로 블랙홀에 대해 자신만의 이미지를 갖고 계시리라 짐작합니다. 앞서 이야기했듯이 가장 널리 알려진 이미지는 우주 공간에 떠 있는 빛조차 빠져나올 수 없는 둥글고 거대한 검은 구멍일 것입니다. 블랙홀이 괜히 검은 구멍이 아니지요.

그런데 블랙홀 연구의 권위자인 스티븐 호킹은(휠체어에 몸을 실은 전신마비 물리학자이자 과학 교양서의 명저 『시간의 역사』를 저술한 것으로 유명한 바로 그 호킹입니다) 사건의 지평선 안쪽에서도 빛이 빠져나올 수 있다고 주장했습니다. 사건의 지평선 내부에서는 빛을 포함하여 아무것도 바깥으로 나올 수 없다고 생각해 왔던 기존의 상식과는 완전히 반대되는 파격적인 학설이었지요.

이렇게 블랙홀이라는 같은 대상을 두고 완전히 반대인 두 가지 주장이 나온 이유는 이렇습니다.

〈인터스텔라〉 같은 SF를 통해서 우리가 가지고 있는 블랙홀의 신기한 특성들은 모두 아인슈타인의 일반상대성이론을 바탕으로 하고 있습니다. 일반상대성이론에서 시작하여 물리학 이론을 전개해 나가면 사건의 지평선 안쪽에서는 아무것도 나오지 못한다는 결론이 자연스럽게 도출됩니다.

그런데 호킹은 일반상대성이론에 더하여 양자물리학을 함께 고려해서 블랙홀을 연구했습니다. 요즈음 세상의 관심을 널리 받고 있는 바로 그 양자물리학입니다. 양자물리학은 또 하나의 복잡하고 거대한 이론 체계이기 때문에 죄송하지만 여기서 설명은 생략하겠습니다. 일반상대성이론만 가지고 계산하면 사건의 지평선에서 아무것도 나오지 못하지만, 양자물리학까지 생각해서 이론을 전개해 보면 사건의 지평선에서 조금이나마 빛이 빠져나올 수 있다는 것이 호킹의 이론입니다.

이렇게(지금까지 알려진 일반적인 상식과 달리) 블랙홀 또는 사건의 지평선에서 나오는 빛을 '호킹 복사'라고 하며 현재는 아마도 호킹 복사가 존재할 것이라고 일반적으로 추측되고 있습니다. 블랙홀은 새카만 줄 알았는데 사실 알고 봤더니 생각만큼 그다지 까맣지 않더라는 뜻밖의 이야기지요.

작은 크기의 블랙홀에서 나오는 호킹 복사는 굉장히 약하기도 하고 인간이 볼 수 있는 가시광선 영역도 아니기 때문에 실제로 우주선에서 블랙홀이 번쩍번쩍 빛을 발하는 모습을 볼 수는 없을 것입니다. 그렇지만 이 소설에 등장하는 것 같은 초거대 블랙홀의 경우는 워낙 덩치가 크기 때문에 거기서 나오는 호킹 복사의 성질이 일반 블랙홀과 달라져서 사람의 눈에 태양처럼 보일 정도로 밝기가 강할 것으로 예상됩니다. 「스스로 블랙홀에 뛰어든 사나이」에서 주인공이 은하 중심의 초거대 블랙홀에 다가가면서 밝게 빛나는 블랙홀을 바라보고 호킹이 옳았다고 감탄하는 것은 이런 이유 때문입니다.

# 거울
# 나라에서
# 온
# 바이러스

—

대칭성과 왼쪽, 오른쪽

일러두기

1  본 글은 고등과학원이 발행하는 과학전문 웹진 『HORIZON』(horizon.kias.re.kr)에 기고했던 원고를 다듬은 것입니다.

2  거울에 비친 것처럼 분자구조가 반전된 생명체라는 SF 소재는 작가가 처음 생각해 낸 것이 아니고, 아서 C 클라크의 단편소설 「기술적 오류」(1946)에 최초로 등장한 것임을 밝혀 둡니다. 이후 제임스 블리시가 〈스타 트렉〉 소설 판 『Spock Must Die!』(1970)에서 동일한 소재를 활용했던 바 있습니다.

후안 로드리게스의 야구 인생은 그다지 시원치 못했다. 고등학교 졸업 후 체육 장학생으로 주립 대학 야구팀에 입단할 만큼은 되었지만 우수한 인재들이 즐비한 대학 무대에서는 그다지 주목받지 못했고 결국 어떤 메이저리그 야구팀으로부터도 드래프트 지명을 받지 못했다. 마이너리그 팀인 앨버커키 동위원소들(Albuquerque Isotopes)에서 뛰기 시작한 그는 이십대 중반이 지나도록 여전히 트리플A 야구팀에서 불펜 요원을 맡고 있는 평범한 후보 선수였고 어떤 기준으로 보더라도 야구로 크게 성공했다고는 말할 수 없는 처지였다.

후안은 자신이 만약 왼손잡이였다면 더 나은 야구 인생을 살지 않았을까 하는 상상을 종종 하곤 했다. 야구에서 왼손 투수는 희소성에서 비롯한 특별한 장점이 있다.

실력이 약간 떨어져도 좌타자이거나 좌완 투수라는 이유로 주전을 꿰차기가 훨씬 수월하다. 대학 시절 투구 속도나 볼 컨트롤이 후안과 비슷한 수준이었던 그의 동료 하나는 좌완 투수였던 덕분에 낮은 순위로나마 메이저리그 구단으로부터 지명을 받을 수 있었다. 만약 그 친구가 후안처럼 우완 투수였다면 아마 불가능했을 것이다.

"당신의 왼쪽과 오른쪽을 바꿔 드리겠습니다."

그렇기에 몇 달 전 구단 소재지 가까이에 있는 어떤 국립 연구소가 느닷없이 후안에게 이런 제안을 해 왔을 때 그는 솔깃하지 않을 수 없었다. 때마침 야구 선수로서 한계에 다다른 이 시점에 뭔가 돌파구를 찾을 기회가 절실하던 참이었다.

"우리는 다른 목적의 연구를 하다가 우연히 실험 대상을 거울에 비친 것처럼 좌우 반전시킬 수 있는 방법을 발견했습니다. 실험 대상이 고차원 공간으로 전이된 다음 반전된 상태로 다시 현실의 저차원으로 투영되는 과정을 거치게 됩니다. 아직 사람에게는 적용해 보지 못했지만 물건이나 동식물에게는 이미 테스트를 실시해서 성공했습니다."

처음 들었을 때는 반신반의했지만 실제로 눈앞에서 살

아 있는 생쥐와 2달러 지폐의 좌우가 완벽하게 뒤집히는 결과를 보고 나니 후안은 그들의 이야기를 충분히 납득할 수 있었다. 장치 속에 몇 초 들어갔다 나온 생쥐는 왼쪽 앞발에 있던 검은 털이 오른발로 옮겨간 채로 생생하게 살아 돌아다녔고 2달러 지폐는 거울에 비춰야 올바른 무늬가 보이도록 뒤집어진 상태로 튀어나왔다.

후안은 오래 고민하지 않고 그들의 제안에 응했다. 무슨 내용인지는 잘 모르겠지만 임상 시험과 관련된 수많은 서류(잘못되어도 연구진에게 책임이 없다는 내용이 대부분인 것 같았다)에 사인하고 나서 후안은 사상 최초로 거울에 비친 것처럼 좌우가 뒤집어진 인간이 되었다. 후안의 걱정거리는 좌우가 뒤바뀌었을 때도 지금처럼 야구 실력과 볼 컨트롤 능력을 유지할 수 있을지였다. 연구진도 거기까지는 확신하지 못하는 듯했다. 잘 안되면 반전을 한 번 더 해서 원래대로 돌아오면 된다고 후안을 안심시켰다. 동물 실험에서는 이미 재반전도 가능했다고 그들이 말했다.

기계에서 나온 후 좌우가 뒤집어진 세상에 적응하기는 그리 어렵지 않았지만 그렇다고 아주 쉽지도 않았다. 난생처음 왼손으로 쓰는 글씨는 뭔가 어색했고, 야구화의 끈을 묶는 일이 상당히 어려워졌으며, 악수를 건넬 때마다 자꾸 왼손을 내밀어 상대를 당황하게 만들고는 했다. 독감 비슷한 증상이 나타나 앓기도 했다. 그렇지만 2주 정도 지나자 후안은 서서히 새로운 세상인 거울 나라에 적응했고 금방 감독의 눈에 들기 시작했다.

그렇지 않아도 쓸 만한 좌완 선발투수가 없어 고민하던 감독은, 우완 투수로서는 중간 계투 수준이었지만 좌완 투수로서는 괜찮은 실력의 후안을 두 손 들어 환영했고 그를 단번에 제1선발로 발탁했다. 시즌 개막전에 선발로 나서 상대방의 선두 좌타자를 삼진 아웃으로 잡아낸 순간 후안은 희열을 느꼈고 연구소의 제안에 응하기를 정말 잘했다는 생각이 들었다.

그리고 대재앙은 그렇게 시작되었다.


윤하는 지도 교수를 늘 '괴수'라고 불렀다. 학부 시절 강의를 들을 때는 아주 젠틀하고 합리적인 사람이었는데 막상 대학원에 입학하여 지도 교수로 모시고 보니 고질라 괴수에 맞먹을 만큼 포악한 인물이었기 때문이다. 윤하만 몰랐을 뿐, 이 연구실에 대학원생이 없는 데는 다 그만한 이유가 있었던 것이다.

연구실의 연구 주제도 마음에 들지 않았다. 윤하가 결

정학을 세부 전공으로 선택했던 이유는 공간군과 격자 구조로 대표되는 결정 물질의 기하학적 아름다움 때문이었다. 복잡한 결정 구조가 보여 주는 대칭과 정렬의 미학은 물리화학을 좋아했던 윤하의 취향에 꼭 맞았고, 편광현미경을 통해 단결정이 보여 주는 빛의 향연에 어린 학부생은 황홀해하기까지 했었다. 그런데 막상 결정학 연구실에 들어와 보니 당혹스럽게도 그 멋진 단결정에 대한 연구는 이미 수십 년 전에 거의 다 끝나 버렸고 오늘날 결정학 연구의 대부분은 극히 복잡하고 별로 아름답지 못한 생체 물질을 대상으로 이루어진다는 사실을 알게 되었다. 윤하는 학부 시절 생화학을 싫어했기 때문에 더더욱 괴수와 대학원과 자신의 세부 전공을 싫어하게 됐다.

석사 2학기가 시작될 무렵 듣지도 보지도 못했던 전염병이 미국 뉴멕시코주에서 시작해 전 세계로 퍼지면서 하룻밤 사이 수천 명씩 사람들이 죽어 나가고 있었다. 록다운이 시작되고 대학들이 모두 문을 닫는 상황인데도 괴수는 어디선가 새로운 프로젝트를 따 와서 윤하에게 연구실 출근을 강요했다. 대학원생은 예외라면서. 빌어먹을 전염병이 대학원생이라고 피해 가는 것은 아닐 텐데 말이다.

괴수가 수주해 온 프로젝트의 주제는 전염병으로 사

망한 환자로부터 추출한 바이러스의 결정학적 분석이었다. 목숨 걸고 연구실에 나와 분석해야 하는 대상이 전염병 환자로부터 검출된 바이러스라는 사실은 그렇지 않아도 별로 없던 윤하의 연구 의욕을 완전히 꺾어 버리는 또 하나의 요인이었다. 사망한 환자의 몸에서 나온 바이러스를 결정학적으로 분석하는 이 프로젝트야말로 전염병과 싸우는 숭고한 전투라고 괴수는 역설했지만, 정작 그 자신은 역병이 그나마 적게 퍼진 시골 고향으로 도망가 놓고서는 윤하에게 전화나 문자로 지시만 내리고 있는 것을 볼 때 그 진정성이 몹시 의심스러웠다. 전염병 때문에 관련 연구 프로젝트의 발주가 급증하니까 유행에 편승해서 한 건 따 온 것에 불과했을 것이다.

현대 의학은 신종 전염병의 원인이 무엇인지조차 전혀 밝혀내지 못하고 있었다. 별별 수단을 다 동원해서 감염자와 사망자를 분석해 봐도 검출되는 것은 기존의 세균과 바이러스뿐이었고 괴질의 원인은 도무지 찾아낼 수 없었다. 슈퍼 박테리아라는 둥 코로나바이러스의 변종이라는 둥 신종 프라이온(prion)이라는 둥 심지어 기후변화의 결과라는 식으로 아무 말 대잔치 같은 가설들만 넘쳐 나는 상황이었다.

윤하는 괴수에 대한 욕을 잔뜩 퍼부으며 방역복을 갖춰 입고 의대에서 받아 온 바이러스 단결정 시료를 조심스레 편광현미경에 장착했다. 감염의 원인을 전혀 모르는 상황에서 사망자로부터 나온 바이러스를 다루고 있으니 윤하가 감염되지 않을 거라는 확실한 보장은 어디에도 없었다. 오십 년 전 에이즈가 유행하던 초기에 대학원생 한 명이 연구 도중 감염된 사고가 있었다고 들었던 적이 있다. 윤하는 그 대학원생이 감염된 후 어찌 살았는지 정말 궁금했다. 지금 전 세계의 연구진들도 방역 기준조차 파악하지 못한 상태에서 목숨을 걸고 사망자로부터 나온 검체들을 이리저리 분석해 보고 있을 뿐이었다. 뭔가 걸려들기만 바라면서.

바이러스를 결정학적으로 분석하는 데 편광현미경으로 관찰할 필요는 없었지만 학부 시절부터 단결정을 관찰할 때 편광이 만들어 내는 다채로운 빛의 향연을 즐겼던 윤하에게는 그나마 편광현미경 관찰이 재미없고 위험한 이 프로젝트의 유일한 즐거움이었다. 그리고 그런 자기만족을 위한 시도가 굉장한 발견을 낳았다.

처음 편광현미경으로 바이러스 단결정을 관찰했을 때부터 뭔가 이상했다. 윤하는 이 종류의 바이러스 단결정을 전에도 여러 번 편광현미경으로 관찰해 본 경험이 있었고 어떤 모습이 보이는지도 익히 잘 알고 있었다. 그런데 이번에 관찰한 단결정의 편광 무늬는 예전에 보았던 것과 달랐다. 편광현미경 마니아답게 윤하는 이 새로운 무늬가 결정광학적으로 원편광의 방향이 반대로 뒤집어졌을 때 나타나는 것이라는 사실을 금방 알아챘다.

'혹시 편광판을 잘못 끼워 넣었나?'

하지만 아무리 현미경을 점검하고 편광판을 다른 것으로 교체해도 반대 방향으로 회전하는 편광이 만들어 내는 무늬는 여전히 그대로였다. 지금 자신이 관찰하고 있는 이상한 현상의 원인이 무엇인지 잠시 생각한 후에 윤하는 기발한 가설을 세우고 지도 교수에게 급히 전화를 걸었다. 반대 방향 편광의 원인은 바이러스의 생화학적 구조가 거울에 비친 것처럼 뒤집어져 반전되어 있기 때문일 것이다.

"교수님, 저 윤하에요."

"뭐? 너 지금 나보고 괴수라고 그랬냐?"

"아닙니다, 그럴 리가요. 마스크를 쓰고 있어서 목소리가 이상하게 들리나 봐요."

"연구실에 혼자 있을 텐데 마스크는 뭐 하러 끼고 있

어? 마스크 벗고 말해! 무슨 일인데?"

마스크를 벗으면 저 바이러스가 갑자기 활성화 되어 감염될 것 같은 느낌이 마구 들었지만 윤하는 어쩔 수 없이 지시대로 마스크를 벗고 자세한 설명을 시작했다.

미국에서 세 번째로 2대에 걸쳐 대통령에 당선된 트럼프 주니어는 전염병과의 질긴 악연을 저주하면서 백악관 집무실에 앉아 보고를 듣고 있었다. 아버지 재임 기간 중에도 코로나바이러스가 창궐해서 그토록 부친을 괴롭혔는데 이십여 년이 지난 다음 아들의 임기 중에 또다시 이렇게 괴질이 전 세계를 휩쓸 줄 누가 알았겠는가.

"도대체 로스앨러모스*는 무슨 짓을 저지른 거야? 전염병이 뉴멕시코에서 시작된 이유가 로스앨러모스 때문이라고?"

격노하는 대통령 앞에서 미국의 국립 연구소들을 총괄하는 에너지부 장관은 꿀리는 기색 하나 없이 담담하게 설명을 이어갔다.

"로스앨러모스의 어느 연구진이 반전성(parity)에 대한

---

* Los Alamos: 미국 뉴멕시코주의 도시 이름. 미국에서 손꼽히는 유명한 국립 연구소인 Los Alamos National Laboratory의 소재지.

연구를 하다가 분자구조를 포함해 생명체의 구조를 거울에 비친 것처럼 완벽하게 반전시킬 수 있는 방법을 우연히 발견했던 모양입니다."

생김새가 부친을 꼭 닮은 트럼프 주니어 대통령은 이십 년 전의 아버지처럼 뚱한 표정을 지어 보였다.

"그 신기술을 테스트해 본답시고 어느 야구 선수를 우완 투수에서 좌완 투수로 바꾸는 짓을 벌였습니다."

"그거 재미있었겠네. 그래서?"

"실험 자체는 성공했는데 문제는 그 과정에서 실험 대상인 야구 선수의 몸에 기생하고 있던 바이러스들까지 거울 반전을 일으켜 지금까지 존재한 적이 없던 생화학적 구조의 바이러스가 생겨나 버린 것입니다."

대통령이 그게 뭐가 문제냐는 표정으로 장관을 바라보자 미국 질병관리본부(CDC)의 책임자가 배턴을 이어받아 생화학적인 문제를 설명하기 시작했다.

"화학물질들 가운데 화학식은 똑같은데 거울에 비친 것처럼 대칭적인 구조를 갖는 경우가 있습니다. 보통 광학이성질체라고 지칭합니다. 분자의 물질 구성이 똑같은데도 광학이성질체는 생화학적 반응이 전혀 다른 경우가 많습니다. 예를 들면 감미료로 흔히 사용되는 L형 아스파탐은 단맛이 설탕보다 수백 배나 더 강하지만, 그와 거울에 비친 것처럼 반전된 구조인 D형 아스파탐은 쓴맛이 나지요."

아직도 의미를 잘 모르겠다는 대통령에게 본부장은 결정적인 부분을 언급했다.

"바이러스는 RNA 나선과 단백질 껍질로 구성되어 있는데, 로스앨러모스의 실험 때문에 RNA 나선의 꼬이는 방향이나 껍질 단백질의 일부 구조가 거울에 비친 것처럼 완전히 뒤집어진 신종 바이러스들이 갑자기 생겨나 버린 것입니다. 이런 바이러스들이 인체에 어떤 악영향을 미칠지는 상상조차 하기 어렵습니다. 예를 들면, 바이러스는 자신의 RNA를 감염자의 세포핵 속에 주입시키기도 하는데 나선 방향이 반대인 RNA가 세포핵의 DNA 속에 침투한다면 그 결과는 엄청나게 파괴적일 것입니다. 이 바이러스들이 지금 전 세계에 퍼지고 있는 전염병의 원인입니다."

"으음…… 이해할 수 있을 것 같소. 도대체 그걸 어떻게 알아냈소?"

"한국의 어느 연구진이 환자에게서 나온 바이러스 단결정을 편광현미경으로 관찰하다가 우연히 발견했습니다. 광학이성질체는 편광현미경으로 관찰하면 원편광의 회전 방향이 서로 반대가 되거든요."

"원인을 알았으니 얼른 치료제나 백신을 개발해야 하지 않겠소?"

"신종 바이러스의 치료제나 백신은 생각처럼 그리 쉽게 만들 수 없습니다. 더구나 이번에는 여러 종류가 한꺼번에 튀어나왔습니다. 에이즈 바이러스의 백신을 개발하는 데 오십 년이 넘게 걸렸다는 사실을 기억해 주십시오."

자신의 임기 중에 창궐하기 시작한 바이러스가 아버지 때보다 더 심각하다는 사실을 깨달은 트럼프 주니어는 나지막이 욕설을 내뱉었다. 그러더니 뭔가 떠오른 듯 아이디어를 하나 제안했다.

"하지만 에이즈나 코로나처럼, 이미 많은 바이러스에 대해 백신이 개발되어 있잖소. 기존에 개발된 백신과 치료제들을 로스앨러모스에서 개발한 방법으로 반전 대칭시키면 똑같이 효능을 발휘하지 않을까? 바이러스도 거울 반전, 치료약이나 백신도 거울 반전. 어때요?"

장관과 본부장은 진심으로 놀랐다. 바이러스 방역에 쓰이는 소독약을 인체에 주입해서 코로나를 물리치자는 헛소리를 마구 내뱉던 아버지에게서 저렇게 나름 이성적인 아들이 나왔다는 것이 정말 놀라웠다. 하지만 아들 트럼프의 아이디어는 안타깝게도 중요한 부분을 간과하고 있었다.

"각하, 아까 말씀드렸듯이 광학이성질체들은 생화학적 성질이 크게 다릅니다. 기존의 바이러스에게 유효했던 약일지라도 광학이성질체로 만들어 인체에 주입하면 무슨 부작용이 일어날지 아무도 장담할 수 없습니다. 결핵약인 에탐부톨의 광학이성질체는 인체에 투약하면 실명을 유발합니다."

"그러면 어떻게 해야 한다는 말인가? 나는 아버지처럼 재선에 실패하고 싶지 않아. 바이러스 때문에 부자가 모두 재선에 실패할 수는 없다고!"

결국 모든 안건을 정치적 이익이라는 관점에서 바라보는 태도만큼은 그 아버지에 그 아들이라는 생각을 하면서 본부장은 심각한 어조로 답했다.

"현재로서는 아무 대책도 없습니다. 앞으로 수십 년간 록다운과 사회적 거리두기를 지속하면서 다양한 신종 바이러스들에 대한 백신이나 치료제가 각각 개발되기를 기다리는 수밖에 없습니다."

윤하는 자신의 자율 주행 자동차에 앉은 채로 테헤란로의 초대형 전광판에 비치는 입체 영상을 바라보고 있었다. 교차로의 대형 전광판 같은 낡은 매체가 아직도 사라지지 않았다는 사실이 정말 놀랍다는 어느 작가의 수필이 생각났다. 윤하가 아직 대학원생일 때까지만 해도 평범한 2D 평면 영상이었던 전광판이 여전히 건재한 이유는 초대형 3D 입체 영상이라는 새로운 형식의 광고를 보여 줄 수 있었기 때문일 것이다.

거울 반전 바이러스의 단결정이 반대 방향의 원편광을 보인다는 사실이 언론에 보도되고 나서부터 편광 안경을 쓰면 바이러스에 감염된 사람이나 물건을 구별할 수 있다는 헛소문이 어디선가 나타나 퍼지기 시작했다. 당연히 말도 안 되는 소리였다. 사람이나 물체의 표면에 붙어 있는 바이러스의 양이라고 해 봤자 정말 마이크로그램 단위의 극소량이고, 설령 양이 많다고 하더라도 결정화 되어 있지 않으니 편광이 보일 리가 만무했다. 실제 바이러스는 편광 안경으로 보이지 않는다고 과학자들이 열심히 해명해 봤지만 수백만 명이 떼로 죽어 나가는 공포 속에 과학계의 이성적인 만류는 전혀 먹혀들지 않았다.

그래서 요즘은 누구나 편광 안경을 쓰고 다닌다.

괴수는 윤하의 발견이 있었던 그다음 해에 노벨 화학상을 받았지만 정작 윤하는 수상자가 되지 못했다. 아직 석사과정이라는 이유로 최초 발견자가 수상에서 제외된 사정이 일부 언론에 보도되기는 했지만 당시 여전히 진행 중이던 전염병의 공포에 묻혀 학계 사람들이 아니면 아무도 관심이 없었다.

　대신 윤하는 다른 방식으로 보상을 받았다. 어느 유명한 외국계 선글라스 회사가 당시 유행을 타기 시작하던 편광 안경을 아예 브랜드로 상품화하면서 윤하를 광고 모델로 발탁했던 것이다. 덕분에 윤하는 노벨상 상금보다 더 많은 돈을 벌어들일 수 있었다. 회사는 괴수보다 윤하의 출연료가 저렴하고 다른 광고에 출연하지 않아 신선한 이미지라는 점에 주목했다고 한다(괴수는 노벨상 수상 이후 학습지부터 소독제까지 전방위로 수많은 광고에 출연하며 높은 모델료를 받아먹고 있었다).

　회사가 대놓고 편광 안경으로 바이러스를 볼 수 있다는 거짓말을 하지는 않았지만 거울 반전 바이러스의 최초 발견자가 편광 안경을 선전하게 함으로써 교묘하게 편광 안경과 신종 바이러스를 연관시키는 프로파간다를 구사했고, 아무런 대책이 없는 전염병의 공포에 질려 버린 대

중은 열광적으로 편광 안경을 구매했던 것이다. 이제 편광 안경 열풍은 팬데믹 때문에 생겨난 문화 현상의 하나로 당연시되고 있다.

시청자가 반드시 3D 안경을 착용해야 한다는 불편함 때문에 개발된 지 수십 년이 지나도록 쉽게 대중화되지 못하고 있던 3D 입체 영상 기술도 편광 안경의 광범위한 착용 덕분에 단번에 문턱을 넘어 모든 곳에서 손쉽게 적용되기 시작했다. 3D 안경과 편광 안경은 사실상 똑같아서 사람들이 항상 편광 안경을 착용하고 있다면 길거리에서 3D 영상을 보여 주는 것은 아주 간단한 일이었고, 입체 영상으로 제품을 선전할 수 있는 옥외 전광판이라는 매체는 순식간에 다시 유행을 타게 되었다. 지금 지나고 있는 테헤란로처럼 고층 빌딩들이 늘어선 곳에서는 아예 빌딩 외벽을 입체 영상 전광판으로 도배해서 빌딩의 한 면 전체를 입체 영상으로 꽉 채워 광고를 상영하는 건물주들도 많았다.

윤하가 방금 지나친 건물의 전광판에는 패션 마스크의 입체 영상 광고가 나오고 있었다. 편광 안경과 더불어 오늘날에는 누구나 당연한 듯이 마스크를 착용하고 생활한다. 모두가 편광 안경과 마스크를 쓰고 다니다 보니 이제는 맨얼굴을 남에게 보여 주는 사람이 거의 없다. 편광 렌즈는 반투명해서 마치 선팅된 자동차 유리처럼 렌즈 너머 얼굴이 잘 보이지 않는다. 옷으로 몸을 가리듯이 편광 안경과 마스크로 얼굴을 가린다는 드레스 코드가 불과 십여 년 만에 확고하게 자리 잡았고, 예전 강남역 일대에서 번성하던 성형외과들은 죄다 문을 닫은 지 오래였다.

이제 자율 주행 자동차는 강남역 사거리에서 좌회전하여 목적지인 자동차 극장을 향해 남쪽으로 달려가고 있었다. 전통적인 영화관은 감염의 공포 때문에 모두 문을 닫았지만 차 안에서 영화를 관람할 수 있는 자동차 극장은 그 때문에 오히려 인기가 더 높아졌다. 거리의 전광판들과 마찬가지로 자동차 극장에서도 3D 편광 안경을 착용하고 관람하는 입체 영화를 주로 상영해 준다.

양재역을 지날 무렵 귀여운 카톡 알림 소리와 더불어 오늘 입체 영화를 함께 볼 상대에게서 메시지가 왔다. 얼마 전에 새로 소개받은 사람이다. 편광 렌즈와 마스크에 가려진 상대의 프로필 사진을 보면서 언제쯤 저 사람의 맨얼굴을 볼 수 있을까 궁금했다.

'지금 극장으로 오고 계신가요? 오늘 보러 가는 영화 말인데요, 첫눈에 끌린 어느 커플이 안경과 마스크를 벗은 상대의 얼굴을 보고 실망해서 헤어질 뻔했다가 차츰 서로의 진심을 이해하게 되어 해피엔딩으로 끝나는 로맨틱 코미디래요. 어때요, 재미있을 것 같죠?'

이런 메시지를 보내다니 어쩌면 상대방은 자신의 맨얼굴에 별로 자신이 없는 사람일지도 모르겠다. 윤하는 정말로 영화가 기대되었다. 그리고 오늘 상대의 맨얼굴도 볼 수 있기를 함께 기대했다.

부디 상대가 감염되어 있지 않기를 바라면서.


붐비는 금요일 저녁에 후안은 자율 주행 택시에 탄 채로 7번가를 따라 달리며 타임스 스퀘어에 설치된 초대형 전광판의 3D 입체 영상을 차창 밖으로 바라보고 있었다. 그가 마이너리그 후보 선수 시절 뉴욕을 방문했을 때만 해도 평범한 2D 영상이었던 타임스 스퀘어의 전광판들이 요즘에는 모두 입체 영상으로 바뀌어 있었다. 이제는 어디를 가도 입체 영상이 당연시되는 세상이다. 후안 자신으로부터 퍼져 나가기 시작한 전염병 때문에 공포에 질린 사람들이 너도나도 편광 안경을 착용하고 다니기 때문이었다.

차창 밖에서 자극적으로 명멸하는 3D 전광판 화면을

바라보며 후안은 자신이 잡을 수 있었던, 그렇지만 잘못된 판단으로 걷어차 버린 절호의 기회를 다시 한번 못내 아쉬워했다.

운명의 그해, 시즌 개막전을 승리로 장식하고 나서 후안은 몇 주에 걸쳐 생사를 넘나드는 중병을 앓아야 했다. 처음에는 로스앨러모스 국립 연구소도 뉴멕시코 대학 병원도 원인을 찾지 못해 속수무책이었지만, 한국에서 전염병의 원인을 밝혀내자 후안의 병도 이유를 찾아낼 수 있었다.

거울 반전된 바이러스들이 일반인의 신체에 치명적이듯이, 거울 반전된 후안의 몸에도 기존의 일반 바이러스들이 매우 치명적이었던 것이다. 연구소는 급히 후안을 다시 한번 거울 반전시켜 원래대로 되돌려 놓았다. 또 다른 바이러스나 세균의 거울 반전이 일어나지 않도록 그들은 후안의 몸을 대장균 하나 남지 않게 철저히 소독한 다음 다시 장치 안에 집어넣었다.

그 와중에 뉴멕시코 대학 병원은 후안의 몸에서 채취할 수 있는 생체 조직이란 생체 조직은 모조리 채취해 갔다. 담당 의사의 말로는, 너무 위험하기 때문에 앞으로 다시는 인체의 거울 반전 실험이 없을 것이고 후안은 역사상 유일무이하게 좌우 반전을 경험한 사람으로 남게 될 것이었다. 재반전 되기 전에 후안의 몸에서 채취한 생체 조직들은 유일한 좌우 반전 인체 조직으로 보관되고 배양되어 지금 퍼지고 있는 거울 반전 바이러스들에 대한 각종 연구에 귀중한 자료로 활용될 계획이었다.

이번에도 무슨 소리인지 이해할 수 없는 수많은 임상 실험 관련 서류들에 서명해야 했다(주로 채취된 후안의 생체 조직에 대한 모든 권리를 로스앨러모스와 뉴멕시코 대학 병원에 넘긴다는 내용 같았다). 나중에 알게 된 일이지만 후안에게는 다행스럽게도 그 병원은 상당히 양심적인 곳이었다. 환자의 생체 조직을 떼어다가 연구한 결과로 떼돈을 벌더라도 환자에게 1센트 하나 나눠 주지 않는 악덕 병원도 있다지만, 뉴멕시코 대학 병원은 후안이 얼떨결에 사인했던 임상 실험 동의서의 내용에 적절한 보상에 대한 언급을 포함시켜 주었다.

후안은 그 덕분에 지금까지 그럭저럭 생계에 곤란을 겪지 않고 살아올 수 있었다. 몇 주 동안 중병을 앓고 난 뒤였기 때문에 건강이 상해서 도저히 더 이상 선수로 뛸 수 없었고, 어차피 록다운 때문에 관중을 하나도 받을 수 없었던 구단은 심한 적자에 시달리다가 오래지 않아 파산해 버렸다. 로스앨러모스는 후안의 신분을 비밀로 취급했지만 황색 언론의 끈질긴 추적 끝에 결국 그는 수억 명이 죽어 나간 전염병의 원흉으로 전 세계에 이름과 얼굴이 알려지게 되었고 세상 사람들은 그를 마치 바이러스 덩어리처럼 기피하며 어디에서도 고용해 주지 않았다. 재반전에 들어가기 전에 남겨 놓은 생체 조직에서 나온 보상금이 아니었다면 후안은 전염병으로 죽지 않았더라도 뉴멕시코의 사막 어딘가에서 혼자 배회하다 굶어 죽어야 했을 것이다.

그래서 후안은 뉴욕으로 옮겨 왔다. 역설적인 이야기지만 숨어 살기에는 황량한 사막 지대보다 거대한 메트로폴리스가 오히려 더 나았다. 앨버커키에서는 모두가 그를 알아보았지만 냉혹한 대도시 뉴욕에서는 이웃에 사는 히스패닉 무직자가 누구인지 아무도 관심 갖지 않았기 때문이다. 때마침 불어닥친 마스크와 편광 안경의 유행 덕분에 후안은 얼굴을 숨긴 채로 크게 타인의 시선을 의식하지 않으며 숨어 살 수 있었다. 일정하게 지불되는 보상금은 액수가 크지 않았지만 후안이 직업 없이도 혼자 뉴욕에 작은 방을 하나 얻고 연명할 수 있을 정도는 되었다.

국립 연구소에서 누군가 다시 후안을 찾아왔던 때는

그가 뉴멕시코를 떠나기 바로 직전이었다. 로스앨러모스에서 온 그 담당자는 국립 연구소가 새로운 디스플레이 소자를 개발했다면서 스핀-오프된 벤처기업을 차려 상품화시키면 곧 떼돈을 벌게 될 것이라고 장담했다.

3D 안경으로 이용할 수 있는 편광 안경이 널리 유행하기 시작했지만 당시에는 아직 3D 안경 착용만으로는 지금처럼 전광판에까지 입체 영상이 사용되기에 충분하지 않았다. 액정이나 OLED는 TV 화면 정도의 크기까지만 가능했지 더 큰 디스플레이를 만들 수 없었고, 대형 전광판에 사용되던 일반 조명 소자들은 편광의 방향이 한 방향으로만 고정되어 있어서 3D 영상을 상영하면 해상도가 절반으로 떨어지는 문제를 가지고 있었기 때문이다.

그때 마침 로스앨러모스 연구소가 상온(常溫, room temperature)에서 동작하는 스핀-LED(spin - light emitting diode)를 개발했던 것이다. 스핀-LED는 단순한 구조지만 소자에 가해지는 전압의 방향을 플러스에서 마이너스로 바꾸기만 해도 발생하는 빛의 편광 방향을 거울에 비친 것처럼 반대 방향으로 반전시킬 수 있는 획기적인 발명품이었다. 낮은 온도로 냉각하여 작동하는 시제품은 오래전부터 있어 왔지만 냉각 없이 상온에서 사용할 수 있는 소자는 우연히 팬데믹 직후에 개발된 것이었다. 가격도 저렴하고 내구성도 좋아서 옥외의 전광판에 설치해도 끄떡없었다.

담당자는 새로운 디스플레이 소자의 상업적 가능성이 엄청나다고 선전해 대면서 후안이 연구소를 상대로 제소한 손해배상 소송을 취하한다면 새로운 벤처기업의 지분을 나눠 주겠다고 협상을 제안해 왔었다.

그 제안에 응했어야 했는데! 후안은 그동안 수백 번이나 반복했던 후회를 다시 한번 더 중얼거렸다. 당시 후안의 마음속에는 내 인생을 망쳐 놓고 전 세계를 전염병의 구렁텅이에 몰아넣은 놈들이 반성도 없이 뻔뻔하게 무슨 소리인지 모를 기술적인 이야기로 손해배상 소송까지 무마하려 든다는 불신이 가득했다. 그래서 국립 연구소의 제안을 단칼에 거절해 버렸다.

그리고 다행히 소송에는 승리했지만 법원이 판결한 배상금은 후안의 요구보다 터무니없이 모자랐던 데다가 그마저도 소송비용으로 변호사가 대부분 가져가 버려 경제적으로는 별로 도움이 되지 못했다. 반면에 소송이 더디게 진행되면서 변호사 비용만 늘어나던 동안 로스앨러모스는 정말로 스핀-LED 특허를 내세워 회사를 설립했고 그들의 제품이 전 세계 전광판과 빌딩의 겉면을 도배하면서 엄청난 매출을 올리게 되었다. 그래서 후안은 뉴욕의 번화가를 지나며 빌딩 벽면의 3D 입체 영상 전광판을 바라볼 때마다 뒤늦은 후회를 하곤 했다.

이런저런 생각에 잠겨 있는 사이에 어느덧 택시는 타임스 스퀘어를 지나 브로드웨이를 달리고 있었다. 팬데믹 직전까지 공연 예술의 메카로 전 세계에 명성을 떨쳤던 브로드웨이는 이제 완전히 몰락한 슬럼가가 되어 버렸다. 바이러스가 퍼진 이후로는 아무도 공연장에 가지 않기 때문이었다. 그토록 화려했던 거리는 이제 할렘과 어깨를 나란히 하는 맨해튼의 대표적 슬럼가로 여겨졌고 후안의 거처는 그런 브로드웨이의 거의 끝에 자리하고 있었다.

후안에게는 앨버커키에 두고 온 생체 조직만이 마지막 희망이었다. 배양된 후안의 생체 조직을 이용해서 거울 반전 바이러스의 백신과 약이 개발된다면 신약 개발에 응용된 그의 생체 조직 덕분에 많은 액수의 로열티를 받을 수 있다는 기대 때문이었다. 모든 사람이 백신과 치료제를 애타게 기다리고 있지만 후안은 그들과 조금 다른 이유로 신약이 개발되기를 학수고대하고 있었다.

목적지에 가까워졌을 때 후안은 택시비를 지불하기 위

해 카드를 꺼내 들었다. 앞좌석의 백미러에 그의 모습이 비쳤다. 유사시에는 인간이 직접 운전할 수 있도록 자율 주행 자동차에도 여전히 백미러가 달려 있다. 오른손잡이인 자신과 달리 왼손으로 카드를 잡고 있는 거울 속 자신의 모습을 바라보며 그는 좌우 반전과 바이러스, 전염병과 편광 그리고 자신의 인생에 대해 생각해 보았다.

그리고 다시 한번 하루라도 빨리 백신과 약이 개발되기를 간절히 기원했다.

## 대칭성과 왼쪽, 오른쪽

**❶ 스포츠와 좌우**

이 책을 읽으시는 독자 여러분 중에도 스포츠 좋아하시는 분들 많으실 거라고 짐작합니다. 저도 스포츠 좋아합니다(위르겐 클롭과 리버풀 FC 만세!). 그리고 스포츠에 관심 있으신 분들은 다들 아실 겁니다. 많은 운동 종목에서 오른손잡이냐 왼손잡이냐(축구라면 오른발잡이냐 왼발잡이냐)가 선수의 매우 중요한 특징이라는 것을요. 종목에 따라 차이가 있기는 하지만 대체로 왼손(발)잡이가 드물어서 상대적으로 유리한 경우가 많습니다.

과학에서도 왼쪽과 오른쪽은 중요한 요소입니다. 커다란 거울을 앞에 놓고 내 모습을 비춰 봅시다. 거울 속의 모습은 실제 내 모습과 똑같지만 딱 하나 중대한 차이점이 있습니다. 바로 좌우가 뒤집어져 있다는 것이지요. 실제 세상의 내가 오른손잡이라면 거울 속의 나는 왼손잡이가 되고, 내가 왼손잡이라면 거울 속에서는 오른손잡이처럼 행동하게 됩니다. 이렇게 거울을 가운데 두고 좌우가 뒤집어져 보이는 모습을 거울 반전이라고 합니다.

저는 개인적으로 오른손잡이냐 왼손잡이냐 하는 문제에 관심이 많은 편입니다. 왜냐하면 제가 어릴 적에 왼손잡이였거든요. 1970년대만 해도 왼손잡이는 뭔가 잘못된 것, 교정해야 할 것으로 여겨졌기 때문에 저의 부모님께서도 굉장히 애를 쓰셔서 왼손잡이였던 저를 억지로 오른손잡이로 교정하셨습니다. 오늘날에는 왼손잡이를 그렇게까지 이상하게 보지는 않기 때문에 예전처럼 강제로 교정하는 일이 많지 않습니다만. 그래서 가끔 '어릴 때 교정하지 않고 왼손잡이로 살았다면 혹시 내 인생이 조금 달라졌을까?'하는 상상을 할 때가 있고, 그런 상상을 소설로 옮긴 결과가 바로 이 소설의 주인공인 후안 로드리게스입니다.

### ❷ DNA와 단백질의 거울 반전

사람의 경우에 왼손잡이냐 오른손잡이냐 하는 거울 반전 문제를 DNA에 적용하면 좌선성(左旋性, left-handed rotation)과 우선성(右旋性, right-handed rotation)의 문제가 됩니다. 생물의 유전정보가 저장된 DNA는 이중으로 꼬여 있는 나선 모양입니다. 아마 다들 생물 시간에 배우신 적 있지요? 그런데 DNA는 나선 구조가 나사의 홈처럼 빙글빙글 돌면서 위로 올라갈 때 돌아가는 방향에 따라 두 가지 종류가 있습니다. 좌선성 DNA와 우선성 DNA가 바로 그것입니다.

여러분의 양쪽 손을 펼치고 엄지손가락이 위쪽을 향하도록 해 보십시오. 그리고 나머지 네 개의 손가락을 가볍게 구부려 감아 보세요! 오른손의 네 손가락이 감기는 방향과 왼손의 네 손가락이 감기는 방향이 반대 방향이라는 것을 알 수 있으실 겁니다. 위쪽에서 아래로 내려다보았을 때 오른손은 시계 반대 방향으로 손가락이 감기고 왼손은 시계 방향으로 손가락이 감기게 됩니다. 엄지손가락 방향, 그러니까 위쪽으로 DNA 나선이 감겨 올라갈 때 오른 손가락처럼 시계 반대 방향으로 감겨 올라가면 우선성 DNA이고 왼 손가락처럼 시계 방향으로 감겨 올라가면 좌선성 DNA 구조입니다.

이렇게 DNA의 나선 구조에 우선성과 좌선성 두 가지가 있다는 것을 먼저 이해하고 나서, 바이러스를 포함하여 우리 지구상의 생물 DNA는 모두 우선성이라는 사실을 알게 되면 여러분도 저처럼 깜짝 놀라실 겁니다. 좌선성과 우선성 DNA는 한쪽이 다른 쪽보다 더 낫다거나 좋다거나 하는 건 없습니다. 두 종류의 DNA가 서로 동등하고 생화학 실험실에서 좌선성 DNA를 어렵지 않게 합성해 낼 수 있습니다.

그럼에도 왜 지구의 생물들은 모두 우선성 DNA만을 가지고 있는 것일까요? 아마도 수십억 년 전 지구에서 최초의 생명체가 탄생할 때 우연히 우선성 DNA를 가진 생명체가 나타났고 이후로 DNA가 복제되어 유전정보를 다음 세대에서 전달하는 과정에서 계속 우선성 DNA만 복제되었기 때문일 것이라고 과학자들은 추정하고 있습니다.

그래서 이 소설처럼 바이러스를 거울 반전시키면(바이러스 안에도 DNA, 조금 더 정확히 말하자면 이중 나선이 아닌 외줄 나선인 RNA가 존재하므로) 그 바이러스는 지구상의 다른 생명체들과 달리 좌선성 DNA(정확히 말하면 좌선성 RNA)를 가지게 됩니다. 바이러스는 사람을 감염시키면 자신의 DNA(RNA)를 세포에 주입하여 사람의 DNA 일부를 바꾸기도 합니다. 앞서 말한 대로 바이러스든 사람이든 모두

DNA가 우선성이므로 이 과정은 별 무리 없이 일어나지만, 만약에 이 소설처럼 사람의 DNA는 우선성인데 바이러스가 주입하는 DNA(RNA)는 반대로 좌선성이라면 어떤 일이 일어날까요? 저는 생물학의 전문가가 아니기 때문에 무슨 일이 일어날지 짐작하기 어렵습니다만, 반대 방향의 이중 나선들은 서로 쉽게 반응할 수 없으니 아마도 사람의 유전자에 매우 파괴적인 결과가 벌어지지 않을까 상상해 봅니다.

왼손잡이냐 오른손잡이냐, 좌선성이냐 우선성이냐 하는 문제는 DNA에만 해당하는 것이 아니라 사람의 세포나 바이러스의 몸체를 구성하는 생화학 물질에도 마찬가지로 적용될 수 있습니다. 물질의 분자구조에서 왼쪽과 오른쪽이 반대여서 거울 반전인 경우가 종종 있고, 이런 물질은 화학식도 똑같고 각종 분석기기를 동원해도 구분하기가 거의 불가능합니다.

그런데 거울 반전 구조의 두 가지 물질이 생물체의 몸 안에 들어와 작용하게 되면 그 결과가 완전히 딴판인 경우가 많습니다. 소설 본문에 이야기했듯이 결핵약의 거울 반전 물질은 사람이 복용하면 눈이 멀게 된다는 것처럼 말입니다.

그래서 거울 반전된 사람에 대한 아이디어를 처음 SF 소설로 썼던 아서 C 클라크는 거울 반전 인간이 보통의 일반적인 음식을 먹지 못할 것이라고 예언했습니다. 음식 속의 단백질 같은 생화학 분자들이 이미 거울 반전된 사람의 몸속에서 소화되었을 때 어떤 위험한 일이 일어날지 예측하기 어렵기 때문입니다.

그러면 거울 반전된 사람은 아무것도 먹지 못하고 쫄쫄 굶어야 할까요? 그건 아닙니다. 음식도 거울 반전시켜 먹으면 됩니다. 사람과 음식이 모두 반전되면 이론적으로는 아무런 위험도 없을 것입니다.

클라크의 후배 SF 소설가인 제임스 블리시도 유명한 SF 프랜차이즈인 〈스타 트렉〉 시리즈의 어느 에피소드에서 주인공인 부함장 스팍이 거울 반전되어 보통의 음식을 섭취하지 못하는 각본을 썼던 적이 있습니다. 생명체의 거울 반전은 그만큼 SF에서는 널리 알려진 클리셰입니다. 이런 SF의 클리셰를 바이러스에 적용하여 전염병의 원인으로 거울 반전된 바이러스를 상상한 부분은 저의 창작입니다.

### ❸ 거울 반전과 편광

현실에 존재하는 물질의 구조에서 거울 반전을 처음 발견한 사람은 루이 파스퇴르입니다. 네, 맞습니다. 여러분이 알고 계시는 그 유명한 파스퇴르 맞습니다. 프랑스의 위대한 미생물학자로서 각종 질병의 원인균들을 처음 발견하고 백신을 개발하여 수많은 사람의 생명을 구한 바로 그 파스퇴르 말입니다. 한국에서는 우유 상표에도 쓰일 정도로 널리 알려진 인물이지요.

그런데 주로 미생물학과 의학 부문에서 명성을 떨쳤던 파스퇴르가 원래는 화학자였다는 사실을 아는 사람은 많지 않습니다. 그리고 과학자로서 파스퇴르의 경력 가운데 첫 번째 업적이 바로 거울 반전된 분자구조의 발견이라는 사실은 아는 사람이 더더욱 드물고요. 지금 우리 이야기의 주제인 거울 반전 물질 구조라는 개념을 처음 발견한 사람이 바로 파스퇴르입니다. 파스퇴르가 나중에 미생물 연구나 백신 연구에서 아무런 업적을 남기지 못했더라도 (그래서 지금만큼 엄청난 명성은 얻지 못했더라도) 화학 교과서에는 그의 이름이 확실하게 남았을 거라고 일컬어질 만큼 거울 반전된 분자구조의 발견은 과학사에서 매우 중요한 업적입니다.

파스퇴르의 업적을 이해하려면 먼저 편광이라는 것에 대해서 알아야 할 필요가 있습니다. 편광은 빛의 일종입니다. 세세한 내용을 생략하고 약간 애매하거나 부정확한 묘사가 있더라도 간단히 설명하자면, 태양 광선이나 형광등 불빛 같은 보통의 빛은 그냥 어느 한쪽으로 치우침 없이 앞으로 나아가는데, 편광(정확히 말하면 원편광)은 앞서 설명했던 DNA의 나선 모양처럼 빙글빙글 돌아가면서 앞으로 나아가는 특수한 빛입니다. 즉, 우리 주변에 흔히 보는 빛처럼 일직선으로 주욱 뻗어 나가지 않고 나사가 돌아가듯이, 배의 스크루가 돌아가듯이, 바람개비가 돌아가듯이 빙글빙글 돌면서 나아가는 빛이라는 뜻입니다.

그리고 DNA의 나선 구조에서 설명한 것과 비슷하게 편광도 왼쪽으로 빙글빙글 돌면서 앞으로 나아가는 좌선성 편광과 오른쪽으로 빙글빙글 돌면서 앞으로 나아가는 우선성 편광이 따로 있습니다. 현미경, 망원경, 카메라 같은 장비에 편광판을 부착시켜 분석하면 편광이 존재하는지 그리고 편광이 좌선성인지 우선성인지까지 판별할 수 있답니다.

젊은 시절의 파스퇴르는 주석산이라는 생화학 물질을 연구 주제로 삼았는데 당시 이 물질은 생물체의 몸 안에서 만들어지면 좌선성 편광이 존재하지만 실험실에서 합성해 내면 편광이 보이지 않는, 도무지 이해할 수 없는 물질로 여겨지고 있었습니다. 생물체에서 나왔든 실험실에서 합성했든 분자식도 똑같고 분자구조도 똑같은데 말입니다.

파스퇴르는 두 종류의 주석산을 편광 현미경으로 끈질기게 관찰한 결과로 거울 반전 분자구조라는 것이 존재한다는 사실을 처음으로 밝혀냈습니다. 앞의 DNA처럼 주석산도 좌선성과 우선성 두 가지 종류가 존재하는데, 생물체의 몸 안에서는 좌선성 주석산만 만들어지는 데 반해 실험실에서 합성될 때는 좌선성과 우선성 주석산이 정확히 반반씩 섞여서 만들어지고 있었던 것입니다. 자연 상태에서 세포 내의 DNA가 모두 우선성 한 종류만 존재하는 것과 비슷합니다.

그리고 좌선성 주석산 결정을 통과한 빛은 좌선성 편광이 되고 우선성 주석산 결정을 통과한 빛은 우선성 편광이 됩니다. 그래서 생물체에서 만들어진 좌선성 주석산에서는 좌선성 편광만 나오는 데 반해, 실험실에서 합성된 주석산은 좌선성과 우선성 단결정이 반반씩 뒤섞여 있게 됩니다. 따라서 실험실에서 합성된 주석산은 편광도 좌선성과 우선성이 반반씩 혼합되어 반대 방향의 편광들이 서로 상쇄되어 버리고 그 결과 전체적으로는 편광이 없는 것처럼 관찰되지 않았던 것입니다.

이렇게 어떤 물질의 구조가 좌선성이냐 우선성이냐에 따라 광학적 성질, 그러니까 편광의 방향이 달라지기 때문에 이런 거울 반전 물질들을 광학이성질체(optical isomer)라고 부릅니다. 그리고 이런 광학이성질체의 최초 발견자가 바로 파스퇴르인 것이지요.

피부, 내장 기관, 지방질 같은 보통의 생체 물질들은 단결정을 이루지 않지만 DNA나 단백질은 결정으로 만들 수 있고, 바이러스도 DNA(정확히는 RNA) 코어와 단백질 껍질로만 이루어져 있기 때문에 단결정을 형성할 수 있습니다. 「거울 나라에서 온 바이러스」의 진정한 주인공이라 할 수 있는 바이러스도 결정을 형성하고 좌선성 우선성을 나타낼 수 있으며 편광현미경으로 관찰하면 좌선성 우선성 편광을 볼 수 있습니다. 소설 속의 바이러스는 거울 반전을 일으켰기 때문에 편광의 방향도 따라서 뒤집어졌고 그 결과로 편광의 방향도 반대가 되어 편광현미경 마니아인 윤하가 바이러스의 거울 반전을 발견할 수 있었던 것입니다.

편광의 물리학과 그 응용에 대해 흥미를 느껴 더 자세히 알고 싶으신 독자 여러분이 계시면 한림대학교 나노융합스쿨의 고재현 교수님께서 2019년에 출간하신 『빛 쫌 아는 10대』*를 읽어 보시기를 추천드립니다.

### ❹ 스핀 LED

편광은 단결정에서만 나오는 것이 아니고 다양한 방법으로 만들어낼 수 있습니다. 우리 일상생활에서 쉽게 볼 수 있는 예로 LCD(액정디스플레이)에서 나오는 빛은 모두 편광된 빛입니다. LCD TV를 볼 때도 컴퓨터 LCD 모니터를 들여다볼 때도 여러분의 눈에는 편광이 들어오고 있는 것입니다(하지만 최근 널리 보급되기 시작한 OLED에서 나오는 빛은 편광이 아닙니다).

대부분의 전자 기기에서 나오는 편광은 방향이 고정되어 있습니다. 좌선성이나 우선성을 마음대로 바꿀 수 없고 한쪽만 나온다는 뜻입니다. 그래서 과학자들은 좌선성 우선성 편광의 방향을 쉽게 바꿀 수 있는 디스플레이 소자를 개발하기 위해 노력하고 있습니다.

---

* 고재현, 『빛 쫌 아는 10대』, 풀빛, 2019.

사실 21세기 초반에 그런 전자소자가 이미 개발되기는 했습니다. '스핀-LED'라는 이름의 전자소자입니다. 여기서 LED는 전압을 걸어 주면 빛을 내는 반도체 소자로서 요즘 형광등을 밀어내고 차세대 조명 장치로 각광받고 있는 LED 전등의 바로 그 LED입니다(단, 스핀-LED가 아닌 일반 조명용 LED에서 나오는 빛은 편광되어 있지 않습니다).

그런데 LED 중에는 빛을 내는 과정에서 전자의 스핀을 이용하는 LED가 있습니다. 전자들은 지구가 자전하듯 회전하고 있는데 이런 전자의 회전을 물리학 전문 용어로 '스핀'이라고 합니다. 단순히 전자의 전기(전하)만을 이용하는 것이 아니라 전자가 회전하는 스핀의 원리를 함께 응용하여 LED를 제작하면, 스핀-LED는 편광을 발생시킬 뿐만 아니라 LED에 가하는 전압을 플러스에서 마이너스로 바꿔 주는 것만으로 편광의 방향을 아주 손쉽게 뒤집을 수 있습니다. 전압의 방향을 바꾸는 것만으로 손쉽게 편광의 방향을 반전시킬 수 있는 획기적인 전자소자랍니다.

그러면 이미 개발이 다 된 것 같은데, 안타깝게도 스핀-LED의 이런 좋은 특성은 극저온 상태에서만 나타나고 상온으로 온도가 올라오면 사라져 버립니다. 이후에 나올 작품인 「마호메트의 관」에서 소재로 삼은 초전도체와 마찬가지로, 응용 가능한 물질의 좋은 성질은 온도가 아주 차가울 때만 나타나는 경우가 많습니다. 그래서 스핀-LED를 이용한 편광 조절 장치는 아직 실생활에 응용되지 못하고 있습니다.

이 소설에서는 상온에서 작동하는 스핀-LED가 미래에 개발되었다고 상상하여 이야기를 풀어 보았습니다.

### ❺ 3D 영상과 편광 안경

십여 년 전에 영화 〈아바타〉를 필두로 3D 입체 영상이 세계적으로 크게 유행했던 적이 있었습니다. 3D 영화는 물론이고 3D TV도 큰 인기를 누렸지요. 지금은 그때보다 열기가 좀 식은 것 같습니다만 여전히 3D는 중요한 영상 기술의 하나로 개발되고 있습니다.

3D 영상을 구현하는 방법은 여러 가지 있지만 가장 기본적인 원리는 사람의 왼쪽 눈과 오른쪽 눈에 서로 약간 다른 영상이 들어가도록 하는 것입니다. 사람이 입체적으로 사물을 볼 수 있는 이유는 왼쪽 눈과 오른쪽 눈으로 보는 물체의 모습이 약간 다르기 때문이거든요. 양쪽 눈에 들어온 약간 다른 두 개의 모습을 뇌 속에서 하나로 합쳐

서 입체적으로 인식하는 것이지요. 3D 영상을 만들 때는 이 원리를 이용해서 오른쪽 눈에 들어갈 영상과 왼쪽 눈에 들어갈 영상을 각각 따로따로 양쪽 눈에 집어넣어 줍니다.

그러면 어떻게 두 종류의 영상을 왼쪽과 오른쪽 눈에 따로 집어넣는 것일까요? 여러 가지 방법이 있습니다만 가장 대표적인 것이 앞서 우리가 알아봤던 편광을 이용하는 방법입니다. 편광판이라는 장치를 이용하면 좌선성 우선성 두 가지 편광 가운데 한 종류만 빛을 통과시킬 수 있습니다.

가령 시청자에게 안경 렌즈를 편광판으로 만든 3D 안경을 착용시킵니다. 이때 왼쪽 렌즈에는 좌선성 편광만 통과시키는 편광판을, 오른쪽 렌즈에는 우선성 편광만을 통과시키는 편광판을 붙여 놓습니다. 그리고 오른쪽 눈에 들어갈 영상을 우선성 편광으로 디스플레이에서 내보내면 그 영상은 오른쪽 눈에만 들어가고, 3D 안경의 좌선성 편광판에는 차단되기 때문에 왼쪽 눈에는 들어가지 못하는 것입니다. 왼쪽 눈에 들어갈 영상은 그 반대로 작용하고요.

따라서 지금 가장 널리 쓰이는 편광 방식의 입체 영상

을 구현하려면 편광판을 부착한 3D 안경을 시청자가 반드시 착용해야 하는 불편함이 있습니다. 안경을 착용해야 하기에 생기는 불편함이 입체 영상 붐이 금방 식어 버린 원인 가운데 하나라고도 여겨집니다.

그래서 저는 소설에서 '거울 반전 바이러스→편광으로 발견→편광이 유명해짐→편광 안경이 크게 유행→3D 입체 영상을 보여 주기 쉬워짐'의 과정을 거쳐 편광 안경과 입체 영상이 일상화된 미래를 상상해 봤던 것입니다.

앞에서 해설한 스핀-LED는 입체 영상의 또 다른 필수 요소인 편광을 디스플레이에서 발생시키기 위한 장치입니다.

앞서 이야기한 바와 같이 LCD에서도 편광이 나오기는 합니다만 LCD는 편광의 방향을 바꿀 수 없고 고정되어 있습니다. 그래서 현재의 편광식 3D 디스플레이는 화소마다 한 줄씩 번갈아 가며 편광의 방향이 바뀌어 나오도록 만듭니다. 그리고 편광의 방향에 따라 나뉜 두 개의 영상이 3D 편광 안경을 통해 왼쪽과 오른쪽 눈에 따로따로 분리되어 들어가는 것이지요.

그런데 이런 방식을 쓰면 당연히 화면의 해상도가 절반으로 떨어져 버립니다. 화면을 둘로 나누어 왼쪽과 오른쪽 눈에 따로따로 집어넣는 것이니 해상도가 낮아질 수밖에 없지요. 실제로도 편광식 3D TV를 시청해 보면 은근히 화면이 거친 듯한 느낌을 받기 쉽습니다.

만약 상온에서 동작하는 스핀-LED가 정말로 개발된다면 이렇게 해상도를 낮출 필요가 없습니다. 그냥 스핀-LED로 디스플레이의 화소를 만들고(일반적인 LED로 화소를 제작하는 디스플레이는 이미 개발되어 있습니다) 왼쪽 눈과 오른쪽 눈에 들어갈 영상을 번갈아 보여 주며 그때그때 전압의 방향을 바꾸어 주기만 하면 좌선성과 우선성 편광 영상을 번갈아 내보낼 수 있게 되고 3D 편광 안경을 통해 왼쪽 눈과 오른쪽 눈으로 분리되어 들어가게 되기 때문에 시청자는 해상도 저하 없이 입체 영상을 즐길 수 있을 것입니다.

비록 모든 사람이 편광 안경을 쓰고 다니는 세상이나 상온에서 동작하는 스핀-LED의 개발은 SF적 상상일 뿐이지만, 편광 방식의 3D 입체 영상을 연구하는 사람으로서 저는 진심으로 이런 미래가 왔으면 좋겠다고 생각하고 있습니다.

# 마호메트의
## 관[棺]

—

초전도체와 광학 미채의 물리학

알리는 창문으로 자기부상 자동차 한 대가 자신의 집 앞에 정차하는 모습을 보았다. 자기부상 자동차가 통행할 수 있는 인프라는 최근에 갖추어졌지만 매일 쉽게 볼 수 있는 종류의 차량은 아니었기에 알리는 누가 저런 최신 자동차를 타고 자신을 찾아왔는지 궁금했다.

집 앞에 멈춰 선 자기부상 자동차로부터 카메라를 목에 건 동양인 남자가 내렸다. 아마도 사진작가이거나 기자인 모양이었다. 그는 유창한 영어로 알리의 이름을 대며 자신이 제대로 찾아왔는지 물었고 알리는 그를 집 안으로 들어오도록 허락했다.

알리가 불편한 몸을 이끌고 거실에 자리를 잡자 그는 한국에서 온 기자라고 자신을 소개하며 모든 것을 안다는 듯이 대뜸 한국어로 삼십 년 전의 '그 사건'에 대해 취재하

러 왔다고 용무를 밝혔다. 언젠가 누군가 찾아올 거라고
생각은 하고 있었지만 막상 이렇게 갑자기 눈앞에 현실로
닥치자 알리는 조금 당황했다.

고문은 끝도 없이 이어지고 있었다. 알리가 바닥에 엎
어진 채로 간신히 다시 정신을 차렸을 때, 취조실 타일 바
닥에는 그의 피가 물과 뒤범벅되어 홍수를 이루고 있었고
눈앞에는 기절하기 직전에 조사관들이 펜치로 뽑아 버렸
던 그의 발톱이 아무렇게나 굴러다니고 있었다.

"이 새끼 독종이네."

덩치 좋은 수사관이 알리를 보고 이죽거리며 독살스럽
게 내뱉었다.

"다시 묻는다. 너, 북에서 온 간첩이지?"

그들은 이미 알고 있었다. 그렇지만 알리는 기절할 듯
한 고통 속에서도 혼미한 정신을 다잡고 결의를 다졌다.
절대로 순순히 인정할 수 없다. 가족의 안전을 위해서 말
이다. 가만있자, 그런데…… 어느 쪽 가족의 안전이지?

알리에게 고문은 처음이 아니었다. 평양에서 벌써 혹
독한 취조를 받았던 적이 있지만 강요된 진술을 거부하며
끝까지 무너지지 않고 견뎌 냈었다. 어쩌면 그래서 처형

만은 면할 수 있었던 것인지도 몰랐다.

물론 그때와 지금은 달랐다. 그때는 미제의 스파이라는 누명을 쓰고 거짓 자백을 하라는 강요 아래 고문받은 것이었다면 지금은 진짜 간첩이 되어 진실을 자백하라고 고문받고 있었다. 누명이든 사실이든 원래 스파이에게 인권 따위는 없다. 계속되는 고문으로 그의 몸은 이미 만신창이였다.

그런데 조사관이 '이번에는 손톱을 뽑아 볼까'라고 협박하며 다시 펜치를 들었을 때, 취조실 문이 열리며 어떤 소리가 들렸고 놀랍게도 사흘 내리 이어지던 고문이 갑자기 멈췄다.

고문이 갑자기 멈춘 다음 날 알리는 어디론가 다른 곳으로 옮겨졌고 어제와는 다른 취조실에서 다른 요원과 마주 앉게 되었다.

"본명 박준일. 중화인민공화국 길림성 조선족 자치주 출생. 북경외국어대학 아랍어과 수석 졸업, 중국 국비 장학생으로 사우디아라비아 메디나 소재의 이슬람 대학에 유학. 사우디 시절 이슬람에 감화되어 무슬림으로 개종. 이 당시 아랍어를 철저하게 익혀 현지인 못지않은 유창한 아랍어 구사 능력을 보유⋯⋯."

탁자 건너편의 취조관은 정보 요원답게 메마른 목소리로 서류를 계속 읽어 내려갔다.

"이슬람 대학 졸업 후 중국 외교부에 특채되어 수년간 아랍 전문가로 활약. 그러나 홍콩 우산혁명 당시 시위대에게 동정적인 발언을 했다가 분파주의자로 몰려 북한으로 망명하였다. 북에서 다시 아랍 전문 외교관으로 중용되었고 리비아와 모로코의 북한 대사관에서 근무하면서 삼십 대 젊은 나이에 대사직까지 올랐으며 여성 외교관과 결혼하여 딸을 두었음. 하지만 김정일-김정은 권력 교체기에 김평일*계로 분류되는 바람에 이슬람교도인 것을 빌미 삼아 또다시 숙청당했음."

정말 견디기 힘들었던 고문의 기억이 떠올랐다. 그때 받았던 지독한 고문의 후유증으로 준일은 미약하게나마 왼쪽 다리를 살짝 절게 되었다. 그리고 이제 그 왼발의 발톱마저 뽑혀 나가 버린 것이었다.

"여기까지가 박준일에 대한 공식 기록이고, 그 이후로

* 金平一(1954~ ): 김정일의 이복 동생이며 김정은의 삼촌인 인물. 김정일과의 권력 승계 다툼에 패한 이후 주로 동유럽 각국에서 외교관으로 활동하였다. 김정일 사후에 잠시 동안 김정은의 경쟁자로 인식되기도 했다.

북한에서는 박준일이 강제수용소로 보내져 공식적으로 소식이 끊겼다고 알려져 있지."

무미건조한 목소리로 서류를 읽어 내려가던 취조관은 치아가 다 드러나도록 씩 웃음을 지으며 그를 쳐다보았다. 알리는 그들이 모든 것을 알고 있음을 직감했다.

"하지만 박준일은 수용소에서 죽지 않았어. 그렇지?"

알리는 대답하지 않았다. 흥분했는지 요원의 목소리는 점점 더 날카로워졌고 말은 점점 더 빨라졌다.

"인민무력부는 박준일의 아랍어가 워낙 유창하고, 공교롭게도 외모마저 전형적인 아랍 사람처럼 보인다는 점에 주목하여 그를 남파 간첩으로 발탁했지. 정치적으로 숙청된 엘리트를 스파이로 남파시키는 일이야 북한에서는 다반사니까. 박준일은 다시 사우디로 보내져 예멘 출신 아랍인으로 행세하면서 사우디 국적을 취득했고, 케이팝이 좋아 한국에 공부하러 온 늦깎이 아랍인 유학생으로 위장하여 감쪽같이 대한민국에 침투했지. 연세대 어학당을 거쳐 고려대 한국문화연구소에서 박사과정을 밟았고, 음…… 한국 국적 취득을 목적으로 한국 여성과 다시 결혼하여 딸까지 하나 더 두었더군. 얼마나 위장이 철저했는지 부인도 남편을 아랍인이라 인식하고 있었고 밤중에 잠꼬대조차 아랍어로 했다고 증언하더구먼. 김치찌개도 먹을 줄 알고 한국말도 곧잘 하는, 한국 문화에 완벽하게 적응한 아랍인 행세를 하면서 뒤로는 북한 스파이로 암약 하던 남파 간첩. 알리 이븐 알 아사드, 아니 박준일. 그게 바로 너야!"

어제 고문받을 때 발톱이 뽑혀 나간 자리가 계속 심하게 욱신거렸다. 끝까지 고문을 견뎠건마는 모든 것이 들통났다는 생각에 좌절한 준일은 체념의 한숨을 내쉬었다.

"그렇습니다."

그는 순순히 인정했다. 상대가 이미 모든 것을 다 파악하고 있는데 부인해 봐야 무슨 소용이 있겠는가. 그런데 준일이 자백하자 예상하지 못했던 일이 일어났다. 취조관은 목소리를 갑자기 점잖게 바꾸어 뜬금없이 정중한 태도로 준일을 대하기 시작했다.

"박준일 씨, 그런 힘든 고초를 당하셔서 우리 정보국 입장에서는 좀 유감입니다. 우리가 모셔 왔다면 그런 고생은 안 하셨어도 됐을 텐데……. 오해하실까 봐 말씀드리는데 당신을 고문한 것은 우리 정보국이 아니에요. 우리는 당신이 한국에 입국하던 그 시점부터 이미 정체를 대략 파악하고 계속 추적 감시하고 있었기 때문에 당신이 누구인지 자백을 받으려고 고문할 필요가 없었을 겁니다. 그런데 방첩사령부 수사대가 우연히 당신이 북한에 보내는 보고를 감청하고서는 앞뒤 가리지 않고 즉각 체포해 버리는 바람에 당신이 누군지 모르는 방첩대 녀석들이 정체를 알아낸답시고 좀 혹독하게 다뤘던 모양입니다. 어느 나라나 비슷하지만 정보기관끼리는 경쟁의식이 있어 의외로 협력이나 정보 공유가 잘 안되거든요. 당신이 체포된 것을 뒤늦게 알고 빼내 오는데 시간이 좀 걸렸습니다."

준일은 당황했다. 자신이 입국 때부터 남한 정보부에 파악됐었다는 사실도 당황스러웠고 뭔가 친밀한 척하려는 상대의 어투는 더 의외였다. 뜻밖이라는 표정으로 쳐다보는 준일을 의미심장하게 바라보며 요원은 질문을 던졌다.

"우리가 당신의 위장 신분을 입국 때부터 파악하고 있었음에도 체포하지 않고 내버려 둔 이유를 뭐라고 생각하십니까?"

스파이 경력은 길지 않지만 외교관으로 잔뼈가 굵어 정보 공작에 대해서도 알만큼 아는 준일이 대답했다.

"나를 이중간첩으로 회유하거나, 아니면 역정보를 보내는 소스로 활용하려고……."

요원은 다시 한번 예의 그 씩 웃는 미소를 지어 보인 다음 말했다.

"처음에는 그랬습니다. 그래서 당신이 그리 중요하지 않은 정보를 북한에 보내는 것은 그대로 내버려 두었던 겁니다. 한국 여성과 결혼하고 가정을 꾸리는 것을 묵인한 이유도 언젠가 활용 가치가 극대화됐을 때 우리 편으로 전향시키기 용이하기 때문이고요. 그런데 말입니다, 최근 당신의 도움이 필요한 다른 작전이 입안됐습니다."

'다른 작전?'

"당신에게 북한을 배신하고 접선하는 간첩망에 대해 불라고 고문하거나 이중간첩 노릇을 하라고 강요하지는 않겠습니다. 북에도 가족이 남아 있으니 그건 쉽지 않은 선택이겠지요. 그 대신 대한민국을 위해 능력을 발휘하여 사우디에서 한 번만 공작 활동을 해 주실 생각 없습니까? 사우디 국적을 가지고 있고, 아랍인과 매우 흡사한 외모의 소유자인 당신에게 꼭 맞는 임무가 있습니다. 북에 있는 가족도 남에 있는 가족도 모두 지킬 수 있는 선택입니다."

전혀 생각지 못한 이야기에 준일은 어안이 벙벙했다.

하산 압둘 시나이는 사우디아라비아의 메디나*에 있는 예언자의 모스크**를 경비하는 보안부대의 검색팀장이었으며 독실한 무슬림이었다. 근무하는 동안 나름 우수한 실적을 올려 표창을 받은 적도 있었다.

예언자의 모스크에는 예언자 무함마드의 무덤 건물인 후즈라트가 바로 그 안에 있다. 후즈라트는 무함마드가 숨을 거둔 건물을 이중벽으로 봉인하고 그 안에 무함마드의 관을 안치해 놓은 장소이며 커다란 녹색 돔 지붕으로 덮여 있다. 후즈라트 건물 좌우로는 성지답게 커다란 규모의 모스크 건물이 길게 뻗어 있고, 건물 앞으로는 라우다(아랍어로 '정원'이라는 뜻)라고 불리는 널찍한 광장이 펼쳐져 있다.

순례자들은 검색대를 통과한 다음 라우다에 접해 있는, 후즈라트의 바깥벽 정면 쪽으로 간다. 그곳에는 거대한 철문이 잠겨 있고 후즈라트 건물 내에서 예언자의 관이 어디쯤 위치하는지 알려 주는 표식이 있다. 그 위치에서 참배하고 나와 모스크에서 예배를 드리든가 라우다를

---

* 메카(Mecca)와 더불어 이슬람의 양대 성지로 유명한 사우디아라비아의 도시. 메카만큼은 아니지만 성지 순례를 위하여 수많은 참배객들이 몰려든다.
** 무함마드의 묘소가 있는 이슬람 모스크(사원). 메카의 카바 신전과 더불어 이슬람의 양대 성지.

거닐며 예언자 무함마드의 위대함을 느끼면 성지순례를 마치게 되는 것이다.

후즈라트에는 해마다 수백만 명의 순례자가 무함마드의 묘소에 참배하기 위하여 방문한다. '그 사건'이 있었던 날에도 아침부터 날씨는 뜨거웠고 예언자의 모스크에는 순례자들로 발 디딜 틈이 없을 정도였다.

"후즈라트에 잠입하라고요?"

준일은 자신이 살아남기 위해 수행해야 할 임무를 처음 들었을 때 황당하기 그지없었다. 이 사람들은 무슬림에게 예언자 무함마드의 묘소가 어떤 의미인지 제대로 이해하고 있는 것일까.

"물론 쉽지 않은 일이지요. 그래서 당신에게 이 어려운 임무를 맡기려는 것입니다. 체포된 북한 스파이에게 특혜를 약속하고서 말입니다."

정보국이 제안을 시작할 때부터 어려운 임무일 것이라고 생각은 했었지만 이렇게 예상 밖의 작전일 것이라고는 짐작도 못 했었다.

"모하메트의 무덤이 있는 메디나는 성지이기 때문에 메카와 더불어 비무슬림 외국인의 방문이 극도로 제한되는 도시입니다. 아예 방문 비자가 안 나와요. 하지만 무슬림이라면 성지순례의 목적으로 메카와 메디나를 방문할 수 있지요."

메디나에서 유학 생활을 했던 준일은 잘 아는 사실이었다. 처음에 준일이 형식적으로나마 이슬람으로 개종했던 이유도 메디나에 드나들기 쉽고 이슬람 대학에 입학하기도 수월했기 때문이었다. 나중에는 형식적인 개종이 아니라 진정한 무슬림으로 거듭나게 됐지만 말이다. 요원이 예언자 무함마드를 계속 영어식으로 발음하며 모하메트라고 칭하는 것이 준일에게는 몹시 거슬렸다.

"물론 우리가 공작원의 신분을 위조하고 아랍인처럼 위장시켜 후즈라트에 접근할 수 있을 지도 모릅니다. 하지만 발각될 위험이 매우 크고 체포된 후 신분이 들통나면 문제가 심각해집니다. 이슬람의 성지에서 공작을 벌인 한국을 아랍 전체가 적대시하겠죠. 그래서 이미 사우디 국적을 보유하고 있고 아랍어 구사 능력이 탁월하며 외모도 아랍인과 유사한 당신이 이 작전의 적임자인 것입니다. 혹시 발각되더라도 원래 중국과 북한 출신이니까 우리는 모른다고 잡아떼고 중국과 북한에 뒤집어씌우면 그만이거든요."

준일에게는 어차피 선택의 여지가 없었다. 이 제안을 거절하면 그의 앞에는 수십 년의 감옥 생활이 기다리고 있을 뿐이었고, 남과 북의 가족들은 반동 또는 간첩의 가족이라는 낙인이 찍힌 채 불행한 삶을 살아야 할 터였다.

준일은 후즈라트 바로 앞의 라우다 광장에 광학 미채를 뒤집어쓴 채로 잠복해 있었다.

불과 며칠 전에 알리 이븐 알 아사드, 즉 자신의 또 다른 이름이 기재된 진짜 신분증을 사용하여 아무 어려움 없이 사우디에 입국했고 정보국의 예상대로 역시 아무런 문제 없이 메디나로 올 수 있었다. 당연했다. 그는 공식적으로 사우디 국민인 것이다. 한국 국적을 취득하면서 이중국적 문제에도 불구하고 사우디 국적을 포기하지 않고 놔두기를 잘했다는 생각이 다시금 들었다.

젊은 시절 유학했던 메디나는 그에게 제2의 고향처럼 친숙한 곳이었고 성지순례자들 사이에 섞여 간단히 예언자의 모스크에 접근할 수 있었다. 무슬림다운 그의 행동 때문에 사우디인들은 아무도 그를 이방인이라 생각하지 않았다.

경계는 삼엄했지만 정보국의 정교한 준비 덕분에 보안

검색에서 적발될 만한 물건은 소지하지 않았으므로 준일은 무난히 검문을 통과하여 예언자의 모스크에 입장할 수 있었다.

모스크는 상당히 큰 건물이었고 언제나 먼 곳에서 온 순례자들이 들끓는 곳이었다. 준일은 적당한 공중화장실을 찾아 들어가 정보국으로부터 지급받은 커다란 보자기 모양의 광학 미채를 뒤집어썼다.

광학 미채는 사람이 뒤집어쓰면 투명해져 보이지 않게 되는 위장막이었다. 메타물질이라는 것을 이용해서 제작되며, 직진하던 빛이 광학 미채를 만나면 표면을 따라 휘어져서 나아가게 되기 때문에 외부에서는 광학 미채 내부가 전혀 보이지 않고 투명한 유리처럼 뒤쪽 배경만 보인다고 했다. 당시 개발된 지 얼마 되지 않았기 때문에 보기 드문 신기한 장비이기는 했지만 이미 해외 언론에서 몇 차례 보도해서 많은 사람이 그 존재 정도는 알고 있었고 각국의 정보기관이나 특수부대가 요긴하게 써먹기 시작하고 있었다.

광학 미채를 뒤집어쓰고 다른 순례자와 충돌하거나 소리가 나지 않게 주의하면서 준일은 후즈라트 가까이에 접근한 다음 라우다의 구석에 잠복하여 밤이 되기를 기다렸

다. 야간에도 일대의 경비는 철저했지만 준일은 광학 미
채를 뒤집어쓴 채 후즈라트를 출입하는 사람이 없는지 계
속 관찰했다.

늦은 밤이 되자 예상대로 관리자처럼 보이는 사람이
나타나 후즈라트의 철문을 열어 안으로 들어갔고 준일은
소리 나지 않게 재빨리 광학 미채를 쓴 채로 그의 뒤를 쫓
아 후즈라트 바깥벽의 안쪽으로 잠입할 수 있었다. 관리
자가 점검을 마치고 나간 후 조심스레 둘러보니 알려진
대로 바깥벽의 안쪽에는 또 다른 내벽이 존재하고 있었
다. 후즈라트는 이중벽으로 지어진 건물이며 내벽은 환기
구 정도만 있고 출입문조차 없이 봉인되어 있다는 사실은
이미 널리 알려져 있었다.

그러나 준일은 후즈라트의 내벽을 뚫고 들어갈 장비를
이미 준비해 왔다. 모스크 출입구의 금속 탐지기를 피하
기 위해 플라스틱 재질로만 만들어진, 굵은 만년필 모양
의 고출력 초소형 레이저 절단기였다. 조선소에서는 두꺼
운 금속판을 절단하기 위해 수십 년 전부터 사용해 온 장
비였지만 플라스틱만을 이용해서 이렇게 휴대가 가능할
정도로 작은 초소형 레이저 절단기를 만들어 낸 남한의
기술은 정말 놀라웠다. 콘크리트도 아니고, 예언자 무함

마드가 사망했던 중세 시대의 방식으로 지어진 후즈라트 내벽 정도는 레이저 절단기로 충분히 절삭할 수 있었다.

"공중에 떠 있는 마호메트의 관에 대한 전설을 들어 보신 적 있나요?"

준일을 심문했던 요원은 자신을 기술정보 담당관이라고 소개했다. 느닷없이 기술정보라니 준일은 의아해졌다. 예언자 무함마드의 무덤과 기술정보가 무슨 상관이 있다는 거지?

"1627년 네덜란드의 암스테르담에서 출판된 작자 미상의 어느 서적*에는 후즈라트의 녹색 돔이 아주 강력한 자석이며 마호메트의 관은 금속으로 제작되어 자석의 힘으로 공중에 떠 있다는 전설이 적혀 있습니다. 단순히 그 한 권의 책에만 쓰여 있는 것이 아니고 르네상스 시대 서유럽에서 꽤 널리 펴져 있던 전설인 모양입니다."

정작 무슬림이며 메디나에 유학했던 준일로서는 처음

* 이 서적의 존재와 공중부양된 마호메트의 관에 대한 전설은 작가가 창작한 픽션이 아니라 실제 존재하는 것입니다. Historie van den Oorsprongck, Geslacht, Geboorte, Opvoedinge, en Leere des grooten valschen Propheets Mahomets (History of the Origin, Descent, Birth, Education and Teachings of the Great False Prophet Muhammad), The collection of the Society of Netherlands Literature (shelfmark 1144 A 46) 참조.

듣는 이야기였다. 아랍을 무턱대고 환상과 마법의 나라처럼 여기던 중세 유럽의 오리엔탈리즘이 만들어 낸 허구가 아닐까 싶었다.

"하지만 자석 아래에 금속으로 된 관을 둥둥 띄워 놓는 것은 기본적으로 불가능합니다. 관의 위치가 너무 높지도 낮지도 않고 어느 방향으로도 전혀 기울어지지 않아야 관이 공중에서 평형을 유지할 수 있는데, 잠깐 정도는 어떻게 가능할 수도 있겠지만 수백 년 동안 그런 상태를 계속 유지할 수는 없거든요. 바람만 살짝 불어도 관이 평형에서 벗어나 순식간에 추락하거나 자석 지붕에 끌려 올라가 들러붙어 버릴 겁니다. 그래서 이 전설은 오래된 만큼 거짓일 것이라고 여겨져 왔습니다."

준일은 당연한 결론이라고 생각했다. 저런 허무맹랑한 전설이 진짜일 리가.

"그런데 말입니다, 한국이 운용하던 과학 위성 장산곶매 3호가 아랍 일대의 지자기장을 스캔하다가 우연히 재미있는 결과를 발견했습니다. 비정상적으로 아주 강력한 자기장의 존재가 예언자의 모스크 일대에서 감지된 것입니다. 정밀한 좌표 분석 결과로부터 우리는 그것이 후즈라트의 녹색 돔 지붕에서 나오는 것이라고 결론 내렸습니다. 적어도 후즈라트의 지붕이 강력한 천연자석이라는, 그 믿기 어려운 전설의 절반은 사실이었던 겁니다."

그리고 전설의 나머지 절반이 사실인지 확인하는 것이 준일의 첫 번째 임무였다. 그러나 당장 후즈라트의 내벽을 절단할 수는 없었다. 후즈라트 내부에는 감시 카메라나 침입자를 감지하는 다른 장치가 설치되어 있을 가능성이 매우 높았고, 레이저 절단기를 사용해 무함마드의 무덤 안으로 들어가는 순간 경보가 울리며 경비원들이 대거 달려오리라는 것쯤은 누구나 쉽게 예측할 수 있었다. 일단 발각된 뒤에 어떻게든 후즈라트와 모스크를 빠져나가기 위해서는 날이 밝고 참배객들이 몰려들어 모스크 안이 혼잡해질 때까지 기다리는 것이 가장 좋은 전략이었다.

광학 미채 속에 웅크린 채로 낮이 밝기를 기다리며 준일은 이제부터 자신이 저지를 신성모독에 대해 예언자 무함마드와 알라신께 사죄하는 기도를 올렸다. 그 자신과 남북의 가족이 살아남기 위해서는 어쩔 수 없는 일이라고 스스로 합리화하면서.

"혹시 초전도체라는 물질에 대해 들어 본 적 있나요?"

준일로서는 난생처음 듣는 용어였다.

"일정한 온도 아래로 냉각되면 전기저항이 완전히 없어져서 0이 되어 버리는 물질이죠. 전기 전자공학 분야에서 응용 가능성이 무궁무진한 신소재입니다."

'그런데, 뭐?'

"초전도체는 응용성이 굉장히 높지만 치명적인 단점이 하나 있습니다. 상온에서는 작동하지 않고 영하 이백 도 정도의 극저온에서만 초전도 성질을 나타낸다는 겁니다. 그래서 실제 응용에는 제한이 많고 아직 널리 사용되지 못하고 있습니다. 만약 상온에서 동작하는 상온 초전도체가 발견된다면 어마어마한 상업적 가치를 가질 것입니다. 아직 연구자들이 그런 물질을 찾지 못했을 뿐이죠."

기술정보 담당관의 말을 듣고는 있었지만 준일은 갈수록 뭐가 뭔지 모르겠다는 생각이 들었다. 그게 후즈라트의 자석 돔 지붕이나 공중부양된 마호메트의 관과 무슨 상관이 있다는 말인가.

"초전도체는 또 다른 재미있는 성질을 가지고 있습니다. 자기선속양자화(磁氣線束量子化, magnetic flux quantization)라고도 하는데, 자석 근처에 놓아두면 자석과 일정한 거리를 두고 공중에 둥둥 뜬다는 사실입니다. 마치 자기부상 열차가 선로 위를 살짝 떠서 달리듯이 말입니다."

그제야 준일은 담당관이 하려는 말의 의도를 이해할 수 있었다. 준일의 얼굴을 보고 그가 말을 이었다.

"그렇습니다. 우리는 자석의 힘으로 공중에 떠 있는 마호메트의 관이 상온에서 동작하는 초전도체로 만들어져 있다고 생각합니다. 당신이 후즈라트에 잠입하여 관의 일부를 절단해 시료를 가져오면 그것이 어떤 물질로 이루어져 있는지 분석하여 상온 초전도체 기술을 확보할 수 있을 것입니다. 물질특허를 확보하면 막대한 상업적 이익을 얻을 수 있겠죠."

그것이 준일의 가장 중요한 두 번째 임무였던 것이다.

"요즘 정보기관은 그런 일도 합니까?"

예상하지 못했던 질문인지 담당관은 씁쓸한 미소를 지으며 이렇게 대답했다.

"냉전 체제가 붕괴된 이후로 외교나 군사 정보에 대한 수요가 많이 줄어들었습니다. 그에 대한 대안으로 우리 정보국만이 아니라 다른 나라 정보기관들도 상업성 있는 기술정보 획득에 집중하고 있는 중이죠. 어느 조직이든 존재 가치를 입증해야 계속 먹고살 수 있으니까요."

"광학 미채를 이용해서 후즈라트에 잠입하는 것까지는

어떻게든 할 수 있겠지만…… 그 이상은 도저히 못 할 것 같습니다. 무슬림으로서 예언자의 관을 훼손하는 것 같은 신성모독을 저지를 수는 없어요."

준일의 말을 듣자 담당관은 다시 정보 요원의 얼굴로 돌아가 냉혹한 뉘앙스로 말했다.

"신성모독 문제는 당신 스스로 결정할 수밖에 없겠지요. 가족들의 앞날을 생각하셔야 하지 않겠습니까? 남과 북 양쪽에서 말입니다."

가족을 빙자한 협박이 가해져 오자 준일은 다시 움찔했다.

"우리가 사우디 현지인을 에이전트로 고용하지 않고 굳이 당신을 작전에 투입하려는 이유도 그 때문입니다. 대대로 나면서부터 무슬림 신앙을 가진 아랍인은 이렇게 신성모독 문제가 있는 작전에 도무지 응할 것 같지 않거든요."

무함마드를 마호메트라고 칭하는 것처럼 역시 그들은 이슬람을 전혀 이해하지 못하고 있었다. 공산주의자이며 무신론자로 태어났던 준일이 이슬람에 귀의한 것을 마치 장로교 교회에 다니다 감리교 교회로 바꾸는 것처럼 생각하는 모양이었다.

"만약 후즈라트에 잠입했는데 예언자의 관이 공중에 떠 있지 않으면 어떻게 합니까?"

그러면 예언자의 관을 훼손하지 않아도 되지 않을까 내심 기대하며 준일이 질문했지만 담당관은 정보 요원의 얼굴과 냉혹한 뉘앙스를 조금도 바꾸지 않으며 대답했다.

"사실 그렇게 전설은 그저 전설이었을 뿐이라고 밝혀질 가능성이 90퍼센트 이상이지요. 그래도 상관없습니다. 무조건 마호메트의 관에서 시료를 절단해 오세요. 예언자의 모스크를 탈출한 다음 메디나에서 제다(Jeddah)*로 돌아와 저희 사우디 지국의 요원들에게 시료를 건네주면 당신이 할 일은 끝납니다. 당신이 정말 우리 지시대로 마호메트의 무덤에 들어갔는지 확인하기 위해서도 그 절단된 시료가 필요합니다."

그는 무슬림으로서 신성모독을 강요받는 준일의 고뇌 따위에 일말의 관심도 없었다.


점심시간이 되자 후즈라트 밖에서 들리는 참배객들의

---

* 사우디아라비아에서 가장 규모가 큰 항구도시. 메카나 메디나와는 달리 외국인들도 자유롭게 드나들 수 있는 국제도시이며 메카나 메디나로 순례를 떠나는 출발지이기도 하다.

소음이 최고조에 달했다. 작전을 시작하기에 최적의 시간대였다. 준일은 마지막으로 알라신과 예언자에게 죄 사함을 빌었다. 용서해 주십시오.

그리고 어금니 옆에 끼워 놓은 자살용 극약 캡슐을 다시 한번 혓바닥으로 확인했다. 남파될 때 지급받은 물건이었다. 사우디 정보부의 고문도 악랄하기로 악명이 자자했다. 체포된다면 준일 혼자 사라져 주는 것이 모두에게 가장 좋을 것이었다. 자살 캡슐을 가져가겠다고 했을 때 담당관도 기꺼이 동의해 주었다.

심호흡을 한 번 크게 한 다음 거추장스럽던 광학 미채를 단번에 벗어젖히고 레이저로 후즈라트의 내벽을 절단하기 시작했다. 시간이 몹시 촉박했지만 만약의 경우 쉽게 탈출하기 위하여 내벽을 최대한 넓게 절단했다. 준일이 입구를 확보하자마자 귀를 찢을 듯한 경보음이 울리기 시작했다.

그리고 무함마드의 무덤 안에 들어간 준일은 그 전설의 나머지 절반도 사실이라는 것을 두 눈으로 똑똑히 확인할 수 있었다. 전설을 불신했던 모든 사람을 비웃듯이 무함마드의 관은 정말로 공중에 둥둥 떠 있었다. 전설은 진실이었고 예언자의 관은 정말로 상온 초전도체였던 것이다!

　준일은 즉각 공중부양된 무함마드의 관에 접근하여 레이저 절단기로 귀퉁이 일부를 잘라 내고 바닥에 떨어진 시료를 주워 소중히 챙겨 넣었다. 금방 입구의 철문을 여는 소리가 들려왔지만 그는 재빨리 광학 미채로 위장하고 출입구 바로 옆에 밀착해 있었던 덕분에 들키지 않고 그들 사이를 빠져나와 수만 명의 순례자 사이로 숨어들 수 있었다.


　'그 사건'이 있던 날 점심시간 무렵 갑자기 예언자의 모스크 일대에 1급 경계가 발동됐다.

　"후즈라트에 누군가 침입해서 예언자의 관을 훼손하는 테러가 벌어졌다. 아마도 모스크 어딘가에 숨어서 경계망을 빠져나가려고 시도할 것이다. 출입구를 담당하는 경비 부대는 최대한 주의하라. 용의자는 예언자의 관에서 절단해 낸 쇳덩어리를 소지하고 있을 것이므로 금속 탐지기에 민감하게 반응할 것이다."

　그리고 하산과 모든 부대원에게 감시 카메라로 촬영한 동영상이 전송되었다. 용의자의 얼굴은 잘 식별되지 않았지만 광학 미채 속에서 갑자기 나타나 예언자의 관을 레이저 절단기로 잘라내 옷 속에 집어넣고 다시 광학 미채 속으로 숨어드는 장면이 생생하게 보였다. 하산은 분노했다. 도대체 어떤 자가 이런 신성모독 테러를 저지른단 말인가.

처음에는 모스크에서 아무도 나갈 수 없도록 모든 출입구를 완벽하게 폐쇄했다. 모스크에 갇힌 순례자들에 대한 검색이 실시되었으나 워낙 숫자가 많다 보니 꽤 오랜 시간이 걸렸다. 그 가운데 몇 명은 감시 카메라에 비친 흐릿한 영상 속 테러범과 인상이나 복장이 비슷했던 탓에 경비대에 끌려가 곤욕을 치렀지만 아무도 금속 덩어리를 소지하지 않았고 별다른 용의점도 발견되지 않았다. 아마 테러범은 광학 미채로 위장하여 모스크 어딘가에 잠복해 있는 것 같았다.

하지만 수만 명의 참배자를 언제까지나 모스크 안에 가두어 둘 수는 없었다. 자꾸 시간이 흐르고 해가 질 때가 다가오자 경비 본부에서는 결국 출입구를 통해 순례자들을 밖으로 내보낼 수밖에 없다고 결정했다. 광학 미채를 뒤집어쓴 용의자가 그중에 섞여 도주할 가능성이 있으므로 천천히 한 명씩 금속 탐지기를 통과시키면서 광학 미채에 숨은 테러범이 몰래 빠져나가지 않는지 철저하게 검색하기로 했다.

　관의 절단 부분은 제법 크기가 있었고 금속은 테러 방지 목적으로 모스크 경비 부대가 제일 민감하게 탐지하는 대상이었기 때문에 절대로 검색대를 통과할 수 없을 것이었다. 아무리 광학 미채로 위장하더라도 테러범이 검색대를 절대 통과할 수 없을 것이라고 하산은 자신했다.

　수만 명에 달하는 참배자들이 한꺼번에 몰렸기 때문에 검색대는 굉장히 붐볐고 하산과 부대원들의 업무는 끝이 없었다. 그런데 그 와중에 하산의 주의를 끄는 순례자가 한 명 있었다. 겉보기에는 평범한 순례자처럼 보였지만 뭔가 행동이 어색했으며 지나치다 싶을 정도로 앞사람이나 뒷사람과의 거리를 멀리 유지하려고 애쓰는 티가 두드러졌다. 하지만 그의 앞쪽이나 뒤쪽을 아무리 조사해 봐도 광학 미채를 뒤집어쓴 다른 존재가 있는 것 같지는 않았고 금속 탐지기 검사에서도 별다른 문제가 없었기 때문에 하산은 그를 통과시킬 수밖에 없었다. 그 순례자는 검색대를 통과한 후에도 여전히 주변을 예민하게 경계하며 사람들과 멀찍이 떨어지려고 애를 썼다.

　그로부터 얼마 지나지 않아 갑자기 경비 본부에서 왔다는 고급장교가 나타나 알리에게 사진 한 장을 보여 주며 물었다.

"혹시 이미 금속 탐지기를 통과한 참배자들 가운데 거동이 수상해 보이는 사람 없었나? 특히 앞뒤 사람과 지나치게 거리를 떨어뜨리려고 애쓰는 사람. 이건 정보부에서 우리에게 보내온 테러 용의자의 얼굴 사진이다."

사진에는 조금 전 검색대를 통과한 그 수상한 참배자의 얼굴이 찍혀 있었다. 알리가 조금 전에 통과한 거동 수상자에 대해 이야기하자 장교는 흥분하며 큰 목소리로 말하기 시작했다.

"아뿔싸! 벌써 탈출했구나. 그놈이 틀림없을 거야. 아마 그놈 앞이나 뒤에 광학 미채를 뒤집어쓴 진짜 테러범이 숨어 있었겠지. 투명해진 테러범이 서 있을 공간을 확보해 주기 위해 그렇게 이상한 행동을 했던 거다!"

당황한 하산은 고급장교의 지시에 따라 출입구를 다시 봉쇄하고 최소한의 인원만 남긴 다음 하산 자신을 포함하여 나머지 인원 모두에게 그 거동 수상자를 쫓도록 조처했다. 아직 멀리 가지는 못했을 것이니 빨리 추적하면 잡을 수 있을지도 모른다. 하산은 십여 명의 부하들을 이끌고 모스크 앞의 대로를 따라 달리며 긴박한 추적을 시작했다. 고급장교는 옆에서 함께 달리며 무전기 이어폰을 꺼내 본부에 지원 병력과 그 일대에 대한 긴급 통제를 요청하고 있었다.


"그렇게 광학 미채로 위장하셔서 모스크를 탈출하시고 상온 초전도체의 시료를 가져오셨던 건가요?"

기자의 질문에 알리는 의미심장한 미소를 지으며 대답했다.

"그게…… 나는 광학 미채로 보안 검색을 통과한 것이 아니었거든요."

"네?"

"사실 그 고급장교는 가짜였습니다. 바로 나였어요."

기자의 눈이 휘둥그레졌다.

"아무리 광학 미채로 위장했다 하더라도 검색대를 통과하려 시도했다면 틀림없이 발각당했을 겁니다. 하지만 내가 경비 본부 고급장교라고 하면서 나타났기 때문에 광학 미채에만 신경 쓰던 그들은 허를 찔렸던 것이지요. 시료는 내 몸에 지니고 있었습니다. 당연히 금속탐지기를 통과할 때 경보가 울렸지만 장교인 나도 그렇고 경비대원들도 그렇고 모두 무기를 소지했기 때문에 연이어 울리는 탐지음에 아무도 신경 쓰지 않았던 겁니다. 검색대를 빠져나온 후에는 적당히 함께 수색하는 척하다가 조용히 잠적해 버렸지요. 사막 지대답게 사우디인의 복장은 굉장히 품이 넓고 헐렁합니다. 몹시 덥기는 했지만 정보국에서 미리 준비해 준 모스크 경비부대 제복을 처음부터 안에 받쳐 입고 들어가는 일이 그리 어렵지 않았습니다. 나중에 어느 화장실에서 내가 벗어 버린 아랍 옷을 발견한 사람은 아마 굉장히 어리둥절했을 겁니다."

기자는 여전히 놀란 표정을 감추지 못하며 다시 질문했다.

"그러면 그 거동이 수상했던 순례자는 누구였습니까?"

"정보국이 고용한 현지인 정보원이었지요. 이 작전의 내용은 전혀 모르고 단지 참배객을 가장해 모스크 내부에 들어와 대기하고 있다가 갑자기 비상이 걸리면 일부러 경비대원들의 주의를 끌기 위해 과장되고 어색한 행동을 하도록 지시받았던 것입니다. 그래서 내가 그의 사진을 미리 가지고 있을 수 있었던 것이고요. 내가 잠입 중에 발각됐을 때를 대비해서 미리 준비된 작전이었습니다. 그 친구는 현지 사우디인이어서 별 어려움 없이 금방 잠적하고 메디나를 빠져나왔다더군요."

"그렇다면?"

알리는 여전히 미소 띤 얼굴로 고개를 끄덕이며 말을 이어갔다.

"그렇습니다. 정보국이 이 공작에 굳이 나를 끌어들인 진짜 이유는 바로 그 때문이었습니다. 아랍인 고급장교로 위장했을 때 외모나 언어나 행동거지에서 어색한 느낌을 주지 않고 사우디인처럼 보일 수 있는 한국인이 이 작전에는 필수였고, 그게 바로 나였던 거지요."

"그 뒤로 어떻게 됐습니까?"

"제다의 정보국 사우디 지부에 입수해 온 시료를 넘긴 다음, 한국으로 돌아가지 않고 이곳에 몸을 숨겨 조용히 정착했습니다. 다행히 정보국은 더 이상 나를 잡아 두려 하지 않고 약속을 지켜 순순히 보내 주더군요."

"남겨 두고 오신 가족들은 그 뒤로 어찌 되셨나요?"

"어느 가족에 대해 물으시는 것인가요? 중국에 남으셨던 부모님은 물론이고 남이든 북이든 제 가족은 다행히 큰 고생 없이 다들 무난히 살고 있다고 들었습니다. 중국이나 북한에서는 박준일이 스파이로 남한에 잠입했다가 체포됐지만 가혹한 고문에도 굴하지 않고 아무것도 불지 않은 채 혁명을 위해 장렬히 죽었다고 생각할 겁니다. 나는 그때 이후로 동북아시아에서 존재 자체가 지워져 버렸습니다."

"그 작전 뒤로 어느 쪽 가족도 다시 만나지 못하셨던 건
가요?"

알리는 그저 짧게 네, 라고 간단히 대답했다.

알리가 이야기를 마치자 대화가 끊기고 잠시 침묵이
흘렀다. 그러자 기자가 다시 대화를 이어 갔다.

"선생님 덕분에 우리나라는 상온 초전도체의 물질특허
를 확보하고 초전도 기술의 세계적인 강국으로 떠올랐습
니다. 앞 세대의 대한민국을 반도체 산업이 먹여 살렸다
면 저희 세대의 한국은 초전도 기술이 먹여 살리고 있다
해도 과언이 아닐 겁니다."

"상온 초전도 기술이 확보된 이래로 세상이 참 많이 바
뀌었지요. 한국만이 아니라 전 세계가 신기술의 혜택을
입은 것 같습니다. 구리였던 전선들이 모두 초전도 금속
재질로 바뀐 지는 이미 오래됐고 이제 우리 집같이 외진
곳에도 앞길 도로에 초전도 자기부상 자동차를 위한 전자
기 코일이 깔렸습니다. 나도 이제 자기부상 승용차를 한
대 구입하려고 딜러에게 알아보던 참입니다. 죄다 한국산
이더군요."

기자는 안타깝다는 표정을 지으며 말했다.

"그렇게 대한민국과 인류에게 큰 기여를 하신 분이 이렇게 먼 이역 땅에서 외롭게 지내시는 모습을 보니 뭐라 말씀드려야 할지 모르겠습니다. 지금이라도 사실을 널리 알려서⋯⋯."

알리는 차분한 표정으로 고개를 저으며 기자의 말을 가로막았다.

"처음 약속하신 대로 기사 내용은 모두 익명이어야 합니다. 저의 신상이나 소재는 절대 밝히지 말아 주세요. 지금 와서 생각해 보면 예언자 무함마드께서 관을 상온 초전도체로 만들어 놓으신 것이나, 내가 중국, 북한, 남한을 떠돌면서 그 어디에도 정착하지 못하고 아랍에서 벌어지는 공작에 투입된 것이 모두 저를 위한 알라의 원대하고 깊으신 배려가 아니었을까 하는 생각도 들고는 합니다. 메디나에서 공부할 때도 그랬고 리비아와 모로코에서 근무할 때도 나는 언제나 아랍에서 평온하고 행복했었습니다. 지금도 그렇고요. 내가 있을 곳은 태어난 나라도 사상의 조국도 같은 민족의 나라도 아닌 바로 여기 알라신과 무함마드의 땅이었던 것이죠."

이슬람이라고는 이태원의 모스크를 구경해 본 경험밖에 없던 젊은 기자는 납득하기 어렵다는 표정으로 그를 쳐다보았지만 중국, 북한, 한국 어디에서도 받아들여지지 못했던 아랍인 알리 이븐 알 아사드는 더 이상 할 말이 없다는 듯 불편한 왼쪽 다리를 추스르고 몸을 일으키며 말했다.

"인샬라(신의 뜻대로)."

## 초전도체와 광학 미채의 물리학

**❶ 초전도체**

아마도 여러분은 중학교 혹은 고등학교 과학 시간에 물질의 성질에 대하여 배우면서 전도체, 반도체, 부도체(절연체)라는 용어를 공부한 적이 있을 것입니다. 기억이 안 나신다고요? 그럼 제가 기억나게 해 드릴게요.

전선의 재료인 구리처럼 전기가 잘 통하는 물질이 있고 벽돌처럼 전기가 전혀 통하지 않는 물질도 있습니다. 구리 같은 물질을 전도체라 하고(줄여서 그냥 도체라고 하는 경우가 더 많습니다) 벽돌 같은 물질을 부도체 또는 절연체라 합니다. 그런데 너무 양극단만 존재하면 재미가 없지요. 전도체와 부도체의 중간 정도로 전기를 통하는 물질도 있습니다. 그런 물질들을 반도체라고 합니다. 어디선가 많이 들어 본 단어지요? 네, 맞습니다. '지난 삼십 년간 한국 전자공업의 발전을 이끌어 온 반도체 산업'이라고 할 때의 그 반도체가 바로 이 반도체입니다.

그러면 모든 물질은 반드시 전도체, 반도체, 부도체 이 세 종류 가운데 하나에 속하는가? 백 년 정도 전까지는 누구나 그렇다고 생각했습니다.

하지만 1911년 네덜란드의 물리학자인 온네스가 물질의 네 번째 종류인 초전도체를 발견했습니다. 초전도체는 단순히 전기가 잘 통하는 수준이 아니라 전도체를 뛰어넘어 아예 완전히 전기저항이 0이 되어 버리는 놀라운 물질입니다(재미있게도 1911년은 현대 SF의 시조인 휴고 건즈백이 최초의 현대적인 SF인『랄프 124C41+』를 발표한 해입니다. 다시 말해서 초전도체와 현대 SF는 나이가 같다고 할 수 있답니다).

전기가 잘 통하지 않는 절연체나 반도체는 당연히 전기저항이 존재하고, 구리처럼 전기가 아주 잘 통하는 전도체에도 매우 작기는 하지만 여전히 전기저항이 있습니다. 구리 자체는 전기가 잘 통하지만, 구리 내부의 불순물이나 구조적인 결함 그리고 전기를 전달하는 전자 자체의 성질 등 여러 가지 이유 때문입니다. 하지만 온네스가 발견한 초전도체는 정말로 완벽하게 저항이 0이 되는 놀라운 성질을 나타냈던 것입니다.

전기저항이 없는 초전도체를 이용하면 어떤 일을 할 수 있을까요?

가장 먼저 생각할 수 있는 응용은 전력손실이 없는 전선을 만들 수 있다는 것입니다. 발전소에서 만들어진 전기를 가정집까지 전송할 때는 당연히 구리 같은 전도체로 만들어진 전선을 이용하는데, 이때 전선의 전기저항 때문에 전력에 손실이 발생합니다. 쉽게 말해서 전기 에너지의 손실입니다. 힘들게 만들어 낸 전기 에너지가 사용 장소까지 오는 동안 전선의 저항 때문에 많게는 수십 퍼센트까지 허공에 날아가 버리게 되는 것입니다.

그런데 초전도체로 전선을 만들면 전력손실도 완전히 없어져 버립니다. 그동안 낭비되던 전력손실을 획기적으로 줄일 수 있는 것입니다. 그래서 지난 백여 년 동안 우리나라의 한국전력을 포함한 전 세계의 전력 회사들이 초전도 전선을 개발하기 위하여 오랫동안 연구해 왔습니다. 그런데도 아직까지 초전도 전선이 개발되지 못한 이유는 뒤에 이야기할 낮은 임계온도 문제 때문입니다.

소설 「마호메트의 관」의 중요한 모티브가 된, 초전도체의 또 한 가지 특이한 성질은 자석에 의한 공중부양 현상입니다. 간단히 설명하자면 자석을 놓고 그 위나 아래에 초전도체를 놓으면 자석과 일정한 거리를 유지하면서 공중에 떠 있는 현상입니다.

전도체, 반도체, 부도체 같은 일반 물질의 경우에는 자석에 반응하는 물질도 있고 그렇지 않은 물질도 있습니다. 같은 금속(전도체)이라도 구리는 자석을 가까이 갖다 대면 달라붙는 데 반해 알루미늄은 자석에 전혀 반응하지 않거든요. 반도체나 부도체에도 드물지만 자기력에 반응하는 물질들이 있습니다. 그래서 전도체냐, 반도체냐, 부도체냐는 어떤 물질에 자석을 가져다 대면 끌려 오는지와는 별로 관련이 없습니다.

물질에 자석을 가까이하면 나타나는 반응은 다양하지만 우리 일상생활에서 쉽게 볼 수 있는 현상은 아마 다음 세 가지 가운데 하나일 것입니다. 첫 번째는 앞서 예를 들었던 알루미늄처럼 자석이 가까이 오더라도 소 닭 보듯 아예 자석에 반응하지 않는 물질이고, 두 번째는 구리처럼 자석을 가까이 대면 좋다고 자석 쪽으로 끌려와서 달라붙는 물질입니다. 세 번째 종류의 물질은 그 자체가 자석이어서 스스로 자기장을 만들어 내고 다른 자석이 가까이 오면 N극이냐 S극이냐에 따라 서로 잡아당겨 달라붙거나 멀찌감치 밀어내는 현상을 나타냅니다. 초등학교 과학 시간에 자석 두 개를 가까이 놓고 끌어당기느냐 밀어내느냐 실험해 보신 적이 다들 있으실 겁니다. 정리해 보자면 초전도체가 아닌 일반 물질들은 자석이 근처에 있으면 끌려가거나 서로 밀어내면서 멀어지거나 아니면 아예 자석과 무관하게 그냥 반응하지 않게 되는 것입니다.

그런데 초전도체는 황당하게도 이런 일반 물질들과 전혀 다르게 자석이 근처에 있으면 그 자석과 항상 일정한 거리를 유지하려고 합니다. 자석을 가까이 가져가면 초전도체는 다가간 만큼 뒤로 물러나고, 자석을 초전도체로부터 멀어지게 만들면 멀어진 만큼 초전도체 스스로 자석을 따라와서, 초전도체와 자석 사이의 거리는 항상 일정하게 유지되는 희한한 반응을 보여 줍니다. 심지어 힘을 주어 억지로 자석과 초전도체를 붙이려 하거나 잡아서 멀리 떼어 내려 해도 초전도체는 자석으로부터 일정한 거리를 유지하며 도로 원래의 위치로 돌아가 버립니다.

관심 있으신 분들께서는 관련 동영상*을 한 번 보시면 초전도체가 자석으로부터 일정한 거리에 둥둥 떠 있다는 저의 이야기가 절대 거짓이 아님을 아실 수 있으실 겁

---

* 유튜브 채널 'The Royal Institution(영국 왕립연구소)'의 동영상 'Levitating Superconductor on a Möbius Strip'.

니다. 영국이 자랑하는 세계적 연구 기관인 왕립연구소(Royal Institution)*에서 제공하는 초전도체 실험 동영상입니다.

이 흥미로운 현상을 어려운 전문용어로 자기선속양자화(磁氣線束量子化, magnetic flux quantization)라고 합니다.** 자기선속양자화 현상이 일어나는 이유는 초전도체의 경우 물질 내부의 자기력을 일정한 정도로 유지하려는 성질이 있기 때문입니다. 자석과 물체 사이의 거리에 따라, 자석에 가까운 곳에서는 당연히 자기력이 강하고 먼 곳에서는 자기력이 약해집니다. 일반 물질들은 자기력이 강하면 강한 대로 약하면 약한 대로 받아들이고 그에 맞춰 반응하는 데 반해 초전도체는 어떻게든 악착같이 자신에게 가해지는 자기력을 일정하게 유지하려고 애쓰는 성질을 가지

---

* 왕립연구소는 주로 물리학과 화학 분야를 집중적으로 연구해 온, 이백 년 이상의 역사를 가진 유서 깊은 연구소이며 설립 때부터 전문 분야뿐만 아니라 대중을 상대로 과학 지식을 알기 쉽게 전달하는 일에도 크게 기여해 오고 있습니다. 왕립연구소에서 연구한 인물들 가운데는 전기와 자기의 연구에 위대한 업적을 남긴 마이클 패러데이(Michael Faraday, 1791~1867)가 있으며, 왕립연구소의 전통에 따라 패러데이가 매년 크리스마스에 어린이들을 위해 행했던 과학 강연은 당대에 큰 명성을 얻어 책으로 출판되어 오늘날까지도 계속 발매되고 있습니다. (마이클 패러데이, 문병렬·신병식 옮김, 『촛불의 과학』, 범우사, 2019)

** 자세한 설명은 생략하겠습니다만 초전도체는 자기장에 대한 성질에 따라 제1종 초전도체와 제2종 초전도체로 나눌 수 있는데, 자기선속양자화 현상은 제2종 초전도체에서만 나타나는 흥미로운 현상입니다.

고 있습니다. 자석으로부터 멀어지면 자기력이 약해지고 가까워지면 강해지므로 초전도체는 자기력을 일정하게 유지하기 위해 자석으로부터 고정된 거리에 위치하면서 자석으로부터 멀어지지도 가까워지지도 않고 공중에 떠 있게 되는 것입니다. 어려운 한자어로 표현해 보면 '불가근불가원'이라고나 할까요.

초전도체가 자기력을 일정하게 유지하려고 하는 이유는 아쉽지만 간단히 설명하기 어렵고 최근 관심을 모으고 있는 양자물리학에 의해서만 설명될 수 있다는 정도로 말씀드리겠습니다.

자석에 의한 초전도체의 공중부양 현상을 우리 실생활에 응용하는 방법으로 자기부상 열차나 자동차가 연구되고 있습니다. 일반 열차가 다니는 길에 철도를 깔고 자동차가 다니는 길에 아스팔트 도로를 까는 것처럼, 자기부상 교통기관이 다닐 길에 전자석을 이용한 자석 도로를 미리 부설해 두고 열차나 자동차 바닥에 초전도체를 설치하면 마치 SF에 나오는 것처럼 철도 레일이나 도로 위에서 살짝 떠오른 채로 날아가듯이 달리는 기차나 자동차를 운행할 수 있습니다. 이 방면의 연구는 상당히 실용화에 가까워서 일본의 국가 철도 회사인 JR은 이미 초전도 자기부상 열차의 시제품을 제작한 바 있습니다.

자기부상 열차가 각광받고 있는 이유는 이렇습니다. 기차(자동차도 마찬가지)가 달리는 데에는 당연히 많은 에너지가 필요합니다. 기차 자체의 무게도 상당하고 기차가 싣고 있는 승객이나 화물의 무게는 더 무겁기 때문에 그 엄청난 무게를 움직이려면 많은 에너지(연료)가 필요한 것이지요. 그런데 기차의 에너지(연료) 소모 가운데 상당한 부분이 바퀴와 기차길(철로) 사이의 마찰 때문에 소모됩니다. 여기서 '기차를 철로 위에 살짝 띄워 마찰 없이 달리게 하면 에너지를 크게 절약할 수 있지 않을까?' 하는 발상이 나왔습니다. 그리고 이런 초전도 자기부상 열차를 실현하면 기차의 에너지(연료) 소비량을 상당히 줄여서 경제적으로도 이익이 되고 공해도 방지하는 두 가지 효과를 거둘 수 있으리라 기대되고 있는 것입니다.

이외에도 고감도 자기장 센서, 강한 자기장을 발생시키는 고성능 의료용 MRI 촬영 장치, 손실이 전혀 없는 전력 저장 장치, 초전도 전자기 추진 선박 등에도 초전도체가 응용되리라 기대되고 있습니다만 「마호메트의 관」에서 소재로 활용되지는 않았기 때문에 생략하도록 하겠습니다.

그러면 이렇게 쓸모 많은 초전도체가 아직까지 널리 활용되지 못하고 있는 이유는 무엇일까요? 안타깝게도 초전도체의 이런 유용한 특성들은 온도가 매우 낮을 때만 나타나는 것이 문제입니다.

온네스가 처음 초전도 현상을 발견한 수은의 경우에는 영하 269도까지 냉각시켜야 초전도체가 됩니다. 어떤 온도 이하로 냉각시키면 초전도 현상이 나타날 때 이 온도를 임계온도라고 지칭하며 임계온도는 물질마다 다릅니다. 아무리 냉각시켜도 아예 초전도체가 되지 않는 물질들은 훨씬 더 많고요. 온네스의 첫 발견 이후로 몇몇 초전도 물질들이 발견되었지만 임계온도는 높아 봐야 영하 260도 정도에 불과했습니다. 물질을 이렇게 낮은 온도로 냉각하려면 비용이 굉장히 많이 들기 때문에 초전도체의 여러 장점에도 불구하고 응용했을 때 경제성이 그리 좋지 못합니다.

초전도 현상이 왜 일어나는지에 대해서는 이론 물리학자들이 오랫동안 열심히 연구하여 1957년에 초전도체의 임계온도는 아무리 높아 봐야 영하 240도 정도밖에 되지 않을 것이라는 이론적인 예상도 나왔었습니다. 그래서 과학자들은 초전도 현상이 극히 낮은 온도에서만 나타난다고 믿고 있었지요.

그러다가 1986년에 고온 초전도체가 발견됐습니다. 당시 알려진 상식과 다르게 영하 200도 정도의, 상대적으로 높은 온도에서 초전도 성질을 보이는 물질이 발견된 것입니다. 저는 개인적으로 이 발견이 이루어졌을 때를 잘 기억하고 있습니다. 제가 고등학교를 졸업하고 물리학자가 되기 위하여 막 대학에 입학하던 무렵이었기 때문이지요. 물리학과에 입학했던 첫해에는 학계 전체가 고온 초전도체에 대한 기대와 흥분으로 가득했고 초전도는 미래의 기술로 크게 각광받았습니다.

영하 200도가 매우 낮은(추운) 온도임에도 불구하고 당시 새롭게 발견된 물질들이 '고온' 초전도체라고 불렸던 이유는, 임계온도가 260도 이하였던 기존의 물질들과 비교할 때 새로 발견된 초전도체들의 임계온도가 훨씬 더 높았기(고온이었기) 때문입니다. 지금까지 보다는 훨씬 더 높은 온도라는 의미에서 '고온' 초전도체라고 불렸던 것이지요.

영하 200도라는 임계온도는 초전도체를 응용하는 데 있어 제법 큰 의미를 갖습니다. 온도를 냉각하는 방법은 여러 가지 있습니다만 송전용 전선이나 자기부상 열차의 레일 같은 대규모 장치에는 냉각제를 사용하는 방법이 가장 많이 쓰입니다. 한 마디로 아주 차가운 액체를 들이붓는 겁니다.

영하 260도 정도에서 작동하는 기존의 초전도체를 냉각시키려면 '액체 헬륨'이라는 물질을 냉각제로 사용해야 합니다. 중학교 과학 시간에 배우는 원자번호 2번의 그 헬륨이 맞습니다. 우리 일상에서는 헬륨이 기체지만 아주 낮은 온도에서는 액체가 되고, 그래서 액체 헬륨은 매우 차갑기 때문에 영하 260도 이하의 낮은 온도로 초전도체를 냉각시킬 수 있는 것입니다. 그런데 액체 헬륨은 굉장히 비쌉니다. 온네스의 발견 이후로 초전도체가 널리 응용되지 못하던 이유는 액체 헬륨을 냉각제로 사용하는 비용이 너무 많이 들어서 초전도체의 장점(전기저항 0)과 비교했을 때 경제적으로 오히려 손해였기 때문입니다.

그런데 영하 200도 정도로 냉각시키는 데는 굳이 비싼 액체 헬륨을 사용할 필요가 없습니다. 액체 헬륨과 비슷한 액체 질소도 있는데(더해서 액체 산소도 있습니다) 액체 질소는 액체 헬륨과 달리 가격이 아주 저렴합니다. 그렇기에 액체 질소로 냉각할 수 있는 고온 초전도체의 발견으로 순식간에 초전도체의 응용이 경제적으로 매력 있는 연구 대상이 되었던 것입니다.

저는 물리학과를 졸업하고 박사과정까지 밟았습니다만 한 번도 액체 헬륨을 사용하는 실험을 거의 해 본 적이 없습니다. 비용이 결코 만만하지 않고 헬륨을 다루는 장비들도 상당히 복잡하기 때문이었지요. 반면에 액체 질소 실험은 숱하게 많이 해 봤습니다. 액체 질소가 워낙 저렴해서요(정확한 계산은 해 본 적이 없지만 일설에 의하면 콜라값보다도 액체 질소 가격이 더 싸다는 농담이 있을 정도입니다). 그만큼 액체 헬륨 냉각과 액체 질소 냉각은 비용 차이가 큽니다. 그래서 고온 초전도체의 발견이 초전도체의 응용에서 매우 중요한 의미를 갖는 것입니다.

하지만 아무리 저렴하다 해도 액체 질소로 냉각을 하는 것 또한 절대로 적은 비용은 아니고(우리나라의 모든 전선을 콜라 속에 담가둔다고 생각해 봅시다. 아무리 콜라값이 싸더라도 비용이 꽤 들어갈 겁니다) 다양한 분야에서 대규모로 부담 없이 응용하기에는 여전히 한계가 있습니다.

이렇게 이론적인 예상보다 높은 임계온도를 나타내는 고온 초전도체의 응용이 활발하게 연구되고 액체 질소 냉각 비용도 고려해야 하게 되자 과학자들은 '혹시 상온 초전도체도 존재할 수 있지 않을까?'라는 생각을 하기 시작했습니다. 상온이라는 것은 우리가 일상적으로 생활하는 온도, 액체 헬륨이나 액체 질소 같은 냉각제를 사용할 필요가 없는 온도, 대략 영상 27도 내외를 말합니다. 냉각제 없이 그냥 사용할 수 있는 초전도체를 말하는 것이지요. 만약 액체 질소 냉각제조차 필요 없는 상온 초전도체가 발견된다면 고온 초전도체보다 훨씬 더 다양하게 널리 응용될 수 있을 것입니다.

이러한 기대를 품고 물리학자들과 재료 공학자들은 지난 삼십여 년간 열심히 상온 초전도체를 발견하기 위해 노력해 왔습니다만 아직까지 성공하지 못했습니다. 그러다가 최근 2020년에 물리학자들은 영상 15도에서 작동하는 초전도체를 찾아냈습니다. 영상 15도라면 목표인 영상 27도에는 약간 못 미치지만 기존의 고온 초전도체에 비해 엄청나게 높은 임계온도이기 때문에 상온 초전도체도 가능할 것이라는 희망을 보여 주는 중요한 연구라고 할 수 있겠습니다. 한 가지 아쉬운 점은 영상 15도의 임계온도를 갖는 초전도체는 260만 기압의 강한 압력으로 눌러 주었을 때만 작동한다는 사실입니다. 압력을 가하지 않았을 때는 영상 15도에서 초전도체가 되지 못합니다. 따라서 상온에서 작동하는 초전도체는, 가능성이 약간 보이기는 하지만, 아직 완전히 개발되지 못한 상황인 것입니다.

「마호메트의 관」에 서술된, 공중부양된 예언자 무함마드의 관에 대한 전설은 제가 지어낸 것이 아니라 실제 전근대 유럽에 널리 퍼져 있던 소문입니다. 이 전설이 사실일 가능성은 거의 없지만, 만약에 사실이라면 그 관은 이슬람 초창기에 우연히 발견된 상온 초전도체일 것이고 공중부양이 가능한 이유는 앞서 언급된 자기선속양자화 때문이 아닐까 하고 SF적인 상상의 나래를 펼쳐 보았던 것입니다.

비록 상상일 뿐이지만 저는 무함마드의 관이 정말로 상온 초전도체였으면 좋겠습니다. 소설처럼 후즈라트에 침입할 수는 없겠지만, 분명히 어딘가에 상온 초전도체가 존재한다는 근거는 될 수 있으니까요. 존재하기만 한다면 언젠가는 과학자들이 상온 초전도체 물질을 찾아낼 수 있으리라 기대합니다.

그리고 상온 초전도체를 처음 개발하는 과학자, 조직 (대학, 회사 또는 연구소), 국가는 엄청난 경제적 이익을 얻을 수 있을 것입니다. 특허 제도는 많은 분이 알고 계실 거라고 생각합니다. 신기술이 개발되어 특허로 등록되면 그 기술은 다른 사람들이 이용하지 못하고 개발한 국가나 기관 또는 과학자가 독점할 수 있습니다. 「마호메트의 관」
은 그런 어마어마한 경제적 이익을 노리고 국가의 이익을
위해 목숨 걸고 벌어지는 기술 첩보전을 상상하여 저술된
SF 소설입니다.

초전도체의 물리학과 응용에 대하여 흥미를 느껴 더
자세히 알고 싶으신 독자 여러분께서는 성균관대학교 물
리학과의 한정훈 교수님께서 2020년에 출간하신 『물질
의 물리학』*을 읽어 보시기를 추천드리고 싶습니다.

### ❷ 광학 미채

SF 애니메이션의 고전 〈공각기동대〉나 〈해리 포터〉 시
리즈에 등장했던 적이 있기 때문인지 광학 미채는 SF 소
설 애독자들에게 그리 낯선 물건이 아닙니다. 물론 해리
포터의 투명 망토는 과학이 아니고 마법이라는 설정이기
는 합니다만.

뒤집어쓰면 착용자가 투명해지는 마법의 천은 여러 판
타지나 SF에 자주 등장해 왔고 실제로 이런 물건을 개발
하기 위해 연구하는 과학자들도 있습니다. 마법을 쓰지

---

* 한정훈, 『물질의 물리학』, 김영사, 2020.

않더라도 메타물질이라는 것을 이용하여 광학 미채를 만들면 빛이 메타물질에 반사되거나 흡수되지 않고 메타물질의 표면을 따라 휘어져서 나아가기 때문에 광학 미채 자체는 보이지 않게 되고 투명해져 그 뒤쪽의 경치만 보이게 됩니다. 빛이 광학 미채의 표면을 따라 흘러간다고 생각하시면 되겠습니다.

메타물질이란 기존에는 자연에 존재하지 않던 새로운 물질 구조를 인공적인 방법으로 새롭게 만들어 낸 물질을 말합니다. 독자 여러분께서는 중학교 과학 시간에 소금은 나트륨(Na)과 염소(Cl) 두 종류의 원소로 이루어져 있고 나트륨 원자와 염소 원자가 하나씩 번갈아 가며 정육면체의 꼭짓점 자리에 위치한다는 사실을 배우신 적이 있으실 것입니다. 그런데 만약 나트륨 원자와 염소 원자가 하나씩 배열되어 있지 않고, 예를 들어 각각 백 개씩 뭉쳐서 배열된 소금을 만들면 어떤 일이 일어날까요? 구체적인 특징은 컴퓨터로 예측하고 실제로 그런 소금을 구현해 봐야 알 수 있겠지만, 한 가지 확실한 것은 자연 상태의 소금과는 물질의 성질이 크게 달라진다는 점입니다. 이런 것이 메타물질입니다.

저와 같이 빛의 성질을 연구하는 사람에게는 흥미롭게

도, 메타물질을 구현해 보면 원래 물질과 비교할 때 광학적 성질이 크게 변하는 경우가 많습니다. 그 이유는 아마도 빛의 파장과 메타물질의 구조 크기가 비슷하기 때문일 것입니다.

빛은 전자기파(속칭 전파 또는 전자파)의 일종으로서 바다에서 파도가 출렁거리듯이 전자기장에 파동이 생기는 현상입니다. 그리고 빛의 파동이 한 번 출렁거리는 거리를 파장이라고 합니다. 소금과 같은 자연 물질들은 나트륨 원자와 염소 원자 사이의 거리가 빛의 파장에 비해 매우 짧기 때문에 소금 결정에 들어온 빛이 한 번 출렁이는 파장 길이 동안 수백 개의 나트륨과 염소 원자를 한꺼번에 지나며 그 결과로 두 종류 원자의 영향을 평균한 정도로 받게 됩니다.

그런데 만약에 앞서 말한 대로 메타물질을 만들어서 빛이 첫 번째 출렁일 때는 나트륨 원자 수백 개 덩어리만 지나고 두 번째 출렁일 때는 염소 원자 수백 개 덩어리만 지나도록 만든다면 어떻게 될까요? 네, 출렁일 때 각각 다른 원자의 영향을 받게 되므로 두 원자의 평균값으로 영향을 받을 때와는 매우 다른 반응이 나올 것입니다. 이것이 메타물질에서 빛이 자연물질과는 다르게 반응하는 이유입니다.

메타물질에서는 어떤 종류의 원자들로 물질을 만드는가, 뭉쳐 있는 원자나 분자의 덩어리 크기를 얼마로 하는가, 그 덩어리들을 어떤 모양으로 배열하는가에 따라서 물질의 성질이 크게 변화하고 그에 따라 메타물질을 지나는 빛이 받는 영향도 극적으로 크게 바뀌게 됩니다. 메타물질의 설계와 구현은 아주 전문적인 문제라서 독자 여러분께 자세히 설명드리기 어렵지만, 대략 이러한 원리를 활용하면 빛이 도달했을 때 투명하게 통과시키거나 반사하지 않고 메타물질로 만들어진 면을 따라 빛이 돌아가도록 만드는 성질을 가진 광학 미채를 제작할 수 있는 것입니다.

광학 미채는 이렇게 원리적으로도 기존 과학으로 구현이 가능하고, 현실에서 사피리나 새우라는 해양생물에서 이미 발견된 바 있습니다. 사피리나는 유튜브 동영상*에서 보실 수 있는 것과 같이 메타물질의 원리를 이용하여 자신의 몸을 투명하게 만들 수 있습니다. 인간이 만든 메타물질이 아니라 자연에서 메타물질이 저절로 형성된 드

* 유튜브 채널 'BYOGUIDES'의 동영상 'The mysterious sea sapphire and the world of copepods'.

문 예들 가운데 하나입니다.

2021년 현재까지 광학 미채가 실용화되지 못한 이유는 실제 생활이나 군사작전에서 사용할 수 있을 만큼 성능이 좋은 메타물질을 과학자들이 아직 개발하지 못했기 때문입니다. 사피리나 새우 껍데기를 뒤집어쓰고 다닐 수도 없는 일이고……. 하지만 머지않은 미래에 실용적인 광학 미채가 개발될 것이라고 기대합니다.

앞으로 완벽한 광학 미채가 구현된다 해도 SF와 달리 사실 광학 미채에는 한 가지 치명적인 단점이 있습니다. 빛이 메타물질의 표면을 따라 휘어지기 때문에 바깥에서도 광학 미채 속의 사람이 보이지 않지만 광학 미채를 뒤집어쓴 사람도 바깥을 볼 수 없다는 사실입니다. 사람이 무언가를 본다는 것은 그 물체에서 나온 빛이 공간을 가로질러 사람의 눈에 들어와 망막에 상(像, image)을 맺는다는 것인데, 광학 미채를 뒤집어쓰고 있으면 물체로부터 눈으로 들어와야 할 빛들까지 모두 광학 미채의 표면을 타고 휘어져 버려 광학 미채 안쪽에 있는 사람의 눈에 도달하지 못하기 때문입니다. 그러니까 실제 광학 미채 안쪽에서는 마치 불투명한 이불을 뒤집어쓰고 있는 것처럼 바깥을 볼 수 없다는 말씀입니다. 물론 광학 미채에 작은 구멍을 뚫으면 그 구멍을 통해 바깥을 볼 수 있겠지만 거꾸로 그 부분은 광학 위장 효과가 없어지기 때문에 잘못하면 남에게도 보인다는 문제가 발생하게 됩니다.

SF에서 광학 미채는 착용자만 투명해지고, 착용자는 바깥을 자유롭게 볼 수 있는 것처럼 흔히 묘사되지만 이런 내용은 비과학적입니다. 물론 바깥을 볼 필요 없이 움직이지 않고 가만히 있으면서 투명하게 위장할 수는 있습니다만, 광학 미채를 착용하여 투명해진 채로 종횡무진 활약하는 우리의 SF 주인공은 적어도 아직까지는 과학적으로 실현할 방법이 없습니다. 아, 해리 포터는 과학이 아니고 마법이니까 가능하겠지요. 그래서 해리 포터는 SF가 아니고 판타지입니다.

한 가지 더 덧붙이자면 광학 미채의 정확한 우리말 용어는 광학 위장입니다. 그러나 〈공각기동대〉에서 처음 사용된 광학 미채라는 일본식 용어가 워낙 널리 사용되고 있기 때문에 부득이 「마호메트의 관」에서도 광학 미채라고 지칭하였으니 독자 여러분의 너그러운 양해 부탁드리겠습니다.

# 안락사
# 병실

—

기억이식 투영법부터 사막에서 농사짓는 법까지

김철환 소장은 이십 년이 지난 오늘까지도 친구들과 신촌의 어느 호프집에서 술을 마시던 그날 저녁을 종종 기억하곤 한다. 고등학교 1학년 때 같은 반이었던 친구 세 명은 모두 진로가 제각각 달라져 모이기 쉽지 않았지만, 그날만큼은 운 좋게 다들 시간이 비어 함께 저녁을 먹기로 의기투합한 날이었다. 식사 후 술자리에서 적당히 취기가 올랐을 때, 화제는 당시에 나온 어느 판결에 대한 것으로 옮겨가 있었다.

"오늘 판결 나온 뉴스 봤냐? 뭐 그런 판사가 다 있어? 아무 죄도 없는 커플을 흉기로 위협해서 성폭행하고 죽였는데 고작 징역 십 년이라니 나는 도무지 납득이 안 돼."

신경과를 전공해서 의대 레지던트 겸 박사과정을 밟고 있던 최준우가 분개한 표정으로 말을 꺼냈고, 철환도 동의하는 눈빛으로 당시 로스쿨 3학년이었던 장영길을 바라보았다. 소주잔을 홀짝이던 영길은 심드렁한 표정으로 당연하다는 듯이 대답을 내뱉었다.

"야, 이 무식한 놈들아. 원래 형법에서 형벌의 목적은 죄인을 교화하고 교정하는 거야. 범죄자가 저지른 죄에 대해 복수하는 것이 아니라고. 물론 살인한 놈을 사형시켜 버리면 통쾌하기야 하겠지만 말이야. 눈에는 눈, 이에는 이? 그런 복수극은 고대 함무라비 법전 시대에나 통했던 거고. 형벌의 목적이 징벌 중심에서 교정 중심으로 바뀐 지가 언젠데? 재판과 형벌의 목표는 죄인에게 자신의 죄를 반성하게 하고 올바른 사람이 되어 다시 사회에 복귀하도록 하는 거야. 그러니 재판 과정에서 피의자가 순순히 죄를 인정하고 지속적으로 반성하는 자세를 보이면 감형되는 것이 당연하지."

그러자 준우가 따지듯이 되물었다.

"반성은 그렇다 치더라도 술에 취해서 심신미약이니까 형량을 감경한다는 거는 또 뭔데?"

"그러니까 너희 이과생들은 수학만 잘했지 세상 물정은 모른다는 거야. 같은 결과를 낳은 범죄라도 의도적으로 범행한 거하고 실수나 제정신이 아닌 상태에서 저지른 거하고 똑같이 처벌하지 않는 것이 당연하잖아. 교정이라는 측면에서 봤을 때 고의로 죄를 저지른 경우는 의도 자체가 사악하니까 장기간 징역을 살게 해서 오랫동안 교정해야 하지만 정신병이나 실수로 저지른 일은 교정하고 반성하게 하는데 기간이 짧아도 된다는 거지. 정신 질환자가 난동 부리다가 사람 죽이면 사형시켜야 하냐? 합리적인 생각이라는 것을 못 하는데 어떻게 죄를 묻겠냐? 그냥 정신병원에 수용하는 거야, 교도소에 보내는 게 아니고. 마찬가지로 운전하다가 교통사고로 사람 죽었다고 운전자를 살인죄로 처벌해야 하냐? 고의가 아니고 그냥 실수잖아. 그러면 그냥 실수한 만큼만 징역 선고하는 거야. 중요한 것은 사악한 의도를 형벌을 통해 교정하는 거지 피해자의 억울함을 풀어 주거나 복수하는 게 아니라고. 너도 신경 의학 공부하는 주제에 설마 정신 질환자가 저지른 일도 모두 똑같이 처벌해야 한다고 생각하는 것은 아니겠지?"

영길은 미래의 법조인답게 흥분하지 않고 논리적으로 조곤조곤 말했지만 다혈질인 준우는 물러서지 않았다.

"정신 질환이나 실수를 고려한 감형은 나도 인정해. 하지만 겨우 술 좀 먹었다는 이유로 저런 끔찍한 범죄를 저지른 자에게 감형이라니 이게 말이 되냐?"

영길은 여전히 답하기 귀찮다는 심드렁한 표정으로 짧게 대답했다.

"술에 취하면 제정신이 아니게 되잖아. 정신 질환자가 사고 치는 거랑 똑같은 거지. 준우 너는 술을 거의 못 먹는 체질이니까 이해 못하겠지만 말이다."

아까는 신경과 전공을 걸고넘어지더니 이번에는 체질을 빌미 삼아 이죽거리는 영길의 이야기에 준우는 열 받은 표정으로 다시 한번 따지듯이 되물었다. 그의 얼굴이 발갛게 달아오른 이유가 술이 약한 탓만은 아니었다.

"그러면 아무 죄도 없이 공포에 질린 채 죽임을 당해야 했던 피해자들의 인권은 과연 누가 보호해 주는 거냐? 살아 있는 범인의 교정이나 갱생만 중요하고 살해당한 억울한 피해자들은 아무 데도 하소연할 수가 없단 말이잖아."

"그러니까…… 현대 법학에서 피해자의 복수는 전혀 고려의 대상이 아니라니깐. 그런 건 고대에나 통하던 사고방식이야. 최첨단 뉴로 사이언스를 연구한다는 녀석이 법률 마인드는 완전히 함무라비 시대에 살고 있네."

영길은 더 이상 이 주제로 이야기하고 싶지 않다는 듯이 어깨를 한 번 으쓱하고는 다시 소주잔을 들면서 철환에게 도움을 청하듯이 물었다.

"철환이 너도 준우랑 같은 생각이냐? 너도 나처럼 법 공부하고 있잖아."

"나야 뭐, 행정 고시 준비하는 거니까 형법은 공부할 일이 없지. 나는 행정법이나 헌법 말고는 잘 모른다."

납득한다는 듯이 고개를 몇 번 끄덕거리고 영길은 잘 됐다 싶었는지 화제를 돌리며 철환에게 이어서 질문을 던졌다.

"그런데 철환이 너, 내년에는 합격할 수 있겠냐?"

행정 고시 합격을 목표로 삼 년째 수험 준비에 매달렸다가 얼마 전에 또 낙방한 철환은 뭐라고 딱 부러지게 대답할 수 없었다. 진부한 스토리였지만 어려운 가정환경에서 성장하며 공부만큼은 괜찮게 했던 철환에게 인생 역전을 이루는 유일한 방법은 오직 고시 합격뿐이었다. 사법 고시와 외무 고시는 이미 오래전에 폐지되어 버렸지만 희한하게도 행정 고시만은 끈질기게 생명을 유지하면서 계속 시행되고 있었다. 그러나 역시 고시 합격은 쉬운 일이 아니었고 삼 년 연속 낙방한 탓에 나이만 먹고 있는데 점점 기울어 가는 집안 사정을 외면하며 더 이상 고시에만 올인하기도 어려운 상황이었다.

"나도 모르겠다. 누군들 고시 합격을 장담할 수 있겠어. 그냥 하는 데까지 해 보는 거지."

준우는 그저 딱하다는 듯한 표정이었지만, 법학 분야를 좀 아는 영길은 제법 현실적인 조언을 내놓았다.

"그러지 말고 직렬을 바꿔 보면 어때? 너 계속 재경 직렬로만 시험 봐 왔잖아. 경쟁이 좀 덜 치열한 다른 직렬로 바꾸면 네 실력에 수월하게 합격할 수 있지 않을까? 너 작년에도 재경에서 아슬아슬하게 떨어졌잖아."

철환이라고 그 생각을 해 보지 않은 것은 아니었다. 행정 고시는 처음 지원할 때부터 세부 전문 분야를 미리 정해 놓고 지원한다. 공무원 사회에서는 이걸 직렬이라고 한다. 국가의 예산이나 경제 정책을 전문으로 하고 싶으면 재경 직렬로 지원해서 합격 후 재경부에 근무하게 되고, 우리가 흔히 공무원 하면 생각하는 행정공무원이 되려면 일반 행정 직렬로 지원해야 한다. 당연히 직렬마다 인기도가 다르고 합격선도 다르다. 같은 대학 안에서도 인기 학과와 비인기 학과의 입시 결과가 천지 차이인 것과 비슷하다. 보통 재경 직렬이 가장 인기가 높고 일반 행정 직렬이 그 바로 다음이다. 교육행정이나 교정 같은 직렬은 상대적으로 선호도가 낮은 편인데, 그 이유는 해당

직렬로 행정 고시에 합격해도 재경이나 일반 행정처럼 권력이 막강하지 못하기 때문일 것이다.

"그러게 말이다. 재경으로 딱 붙으면 바랄 나위가 없을 텐데……. 집안에서는 내년까지만 지원해 줄 수 있다고 하시니 고민이다. 다른 직렬로 바꿔 지원하려니 뭔가 아쉬운 느낌이고. 에이, 나도 잘 모르겠다."

철환이 자신 없는 어투로 말끝을 흐리니까 다혈질 준우가 다시 말을 시작했다.

"철환이 너 원래 이과였잖아. 학부 전공도 생물공학이었고. 의전원 갈 생각 하던 이과 출신이 갑자기 고시 본다고 나섰으니……. 너 머리 좋은 건 우리도 인정하지만, 그게 어디 쉽겠냐. 그냥 원래 계획대로 의전원으로 방향 바꿔라. 너 정도면 장학금 받고 들어갈 수 있다. 너 대학 전체에서 차석으로 졸업했었잖아."

술김에 맥락도 없이 아무 말 대잔치를 벌이며 소주잔을 홀짝거리던 그때, 셋 중 누구도 이십 년 뒤에 이런 식으로 서로가 연관될 줄은 전혀 상상하지 못했었다.


어울리지 않게 흰 가운을 입고 서 있는 김철환 소장이 보기에 방 안은 아주 전형적인 병원 중환자실답게 잘 꾸

며져 있었다. 병상이 세 개 있고 병상마다 한 명씩 사람들이 누워 있었으며, 모두 팔뚝에 링거 주사를 꽂은 채 머리에는 미용실의 파마기를 닮은 뇌파 검사 장비 같은 것을 뒤집어쓰고 있었다. 잠시 후에 저들은 모두 이 세상을 하직하게 될 것이다.

"소장님, 준비됐습니다."

김철환 소장과 마찬가지로 흰 가운을 입고 있는 장운경 과장이 보고하자, 병상에 누워 있던 사람 하나가 입을 열고 질문을 던졌다.

"무슨 소장이십니까?"

김철환 소장은 멋쩍게 미소 지으며 별거 아니라는 듯이 겸손하게 대꾸했다.

"안락사 연구소 소장입니다."

질문한 사람은 이야기가 고픈지 말을 계속 이어갔다.

"아직 사십 대 후반이신 것 같은데 나이도 젊은 분이 벌써 소장이라니 대단하십니다."

"원, 별말씀을……. 그저 운이 조금 좋았을 뿐입니다."

지금 이런 일을 하게 될 줄 이십 년 전에는 예상하지 못했지만. 뭐, 어쨌거나 제삼자가 보기에 내 삶은 운이 좋았던 것이 맞겠지, 라며 김철환 소장은 마음속으로 중얼거렸다.

"보아하니 소장님도 나랑 비슷한 나이이신 것 같은데……. 참, 사람 팔자라는 것이 이렇게 다릅니다. 누구는 사십 대에 벌써 소장이 되고 커리어를 쌓아 나가는데 누구는 이렇게 불치병에 걸려 스스로 안락사를 택하게 되었으니 말입니다."

"슬픈 일이지만, 인명은 재천이니까요."

"그러게 말입니다. 온 우주를 사람들이 마구 누비고 다니는 21세기 말인데, 아직도 암은 치료법이 없고 인명은 재천이라니 이게 얼마나 통탄할 노릇이란 말입니까."

"맞는 말씀입니다."

맞장구를 쳐 주자 흥이 나는지 그 사람은 계속 이야기를 이어갔다.

"나는 어릴 때부터 우주비행사가 되고 싶었습니다. 우주를 나르고 별과 별 사이를 누비는 스페이스 파일럿. 얼마나 멋있습니까. 초등학교 다닐 때만 해도 그게 공상 과학이었는데 열 살 즈음 됐을 때 갑자기 항성간 비행법이 개발됐고 중고교 내내 열심히 준비해서 우주비행 사관학교에 입학했습니다. 내 인생에 그때처럼 열심히 뭔가를 준비했던 때도 없을 겁니다. 비록 뒤에서 3등으로 들어가기는 했지만……. 하하. 뭐, 성적이 무슨 상관이겠습니까. 우주를 비행하는 꿈을 이룰 수 있으면 되는 거 아니겠습니까.”

길어지는 이야기를 장운경 과장이 끊으려는 눈치가 보이자, 김철환 소장은 눈짓으로 가볍게 제지했다. 장운경 저 친구는 부하인 주제에, 오히려 종종 상관인 자신을 관리하고 통제하는 것 같은 느낌을 줘서 대하기가 껄끄럽다고 생각했다. 어차피 당장 급한 일도 없고 누구에게나 마지막으로 남기고 싶은 한 마디쯤은 있는 법이니까. 아직은 시간이 남아 있다.

“덕분에 은하 중심도 가봤고 마젤란 은하들도 구경했습니다. 막상 가 보니 어릴 때 상상했던 것과 많이 다르게 의외로 별거 없어서 조금 실망스럽기는 했습니다. 그저 아쉬운 일은 암흑물질이 몸에 해롭다는 것을 의사들이 늦게 깨닫는 바람에 우리 항성간 우주비행사 1세대들이 모조리 암에 걸렸다는 겁니다. 우리가 희생됐으니 다음 세대의 우주비행사들은 안전하겠지만, 그래도 우리 세대는 나름 선구자들이었는데 이렇게 허무하게 죽음을 맞아야 한다니 뭔가 원통한 느낌을 지울 수 없습니다.”

“용기 있게 우주로 나가셨던 첫 세대의 희생은 우주 개

166

척에 큰 밑거름이 될 것입니다. 그 희생, 온 인류가 잊지 않겠습니다."

김철환 소장이 위로의 말을 건네자 전직 우주비행사는 감격한 표정을 지으며 눈물을 흘리기 시작했다. 아마도 자신의 삶이 보람된 것이었다고 생각하며 편안히 눈을 감을 수 있을 것이다.

우주비행사가 말을 마치자 그 옆에 누워 있던 초로의 노인도 이야기를 시작했다.

"내가 제일 나이 많은 것 같으니까 편하게 말할게. 나는 저 사람처럼 스케일이 크지는 못했어. 나는 역사학자야. 어릴 때부터 이상하게 역사책이 좋았고, 그래서 대학에 진학할 때도 사학과를 선택했었지. 대학에서 공부를 조금 해 보니 더 흥미가 생겨서 대학원에 진학했는데 하필이면 세부 전공으로 21세기 현대사를 골랐던 거야. 박사과정을 밟는 중에…… 어휴, 고생 정말 많이 했지. 선택할 때는 잘 몰랐는데 21세기 현대사가 흥미 있는 주제인데도 선택하는 학생이 별로 없는 이유가 따로 있더군. 나는 그저 그 전공을 담당하는 교수님 성격이 불같으셔서 학생들이 꺼리기 때문에 그런 줄 알았는데, 원래 역사학에서 제일 중요한 것이 사료 그러니까 역사 자료들이야. 제일 많은 것들이 과거에 저술된 책들이고 출토된 유물 같은 것들도 그에 못지않게 중요시되지. 우리 연구소장님께서도 연구하는 의사이신가?"

갑작스레 질문이 나왔지만 다행히 이야기에 집중하고 있었기 때문에 김철환 소장은 금방 답을 할 수 있었다.

"네. 안락사 시술도 행하지만 연구도 함께 병행하고 있습니다."

"그러니까 연구소장님이신 것이겠지. 연구하는 사람이니 잘 아실 거라고 생각해. 과학 연구에서 제일 중요한 과정은 실험하고 데이터 얻는 부분이지? 역사학 연구에서 과학의 실험에 해당하는 부분이 사료를 발굴하고 해석하는 과정이야. 역사학자로 성공하려면 이걸 잘하는 것이 가장 중요하고. 그런데 21세기 현대사를 전공했더니 가까운 과거인데도 사료가 엄청 빈약해서 깜짝 놀랐어. 그보다 더 옛날인 19세기, 20세기만 해도 사료들이 훨씬 더 풍부한데 말이야. 보통 옛날일수록 사료가 적고 현대에 가까울수록 사료가 많거든. 이상하게 들리겠지만 그 이유는 컴퓨터 기술이 너무 빨리 발전했기 때문이야."

김철환 소장은 노인의 말에 흥미가 생겨 되물었다.

"컴퓨터 기술의 발전 때문이라니요?"

"21세기에 컴퓨터가 급격하게 발전하면서 종이에 인쇄된 사료들이 거의 사라져 버렸거든. 20세기까지는 문서 자료들이 중요한 사료가 되는데, 21세기부터는 사료가 될 만한 문서들이 모두 디지털로 바뀌어서 파일로 저장됐던 것이지. 문제는 그 문서 자료를 저장하고 열람하는 방식이 여러 번 대폭 바뀌었다는 사실이야. 지금이야 자료 저장 방식이 큐브로 표준화되어서 세계 어디서나 똑같이 디지털 문서를 저장하고 열어 볼 수 있지만."

김철환 소장은 묵묵히 듣고만 있었다. 모르는 말이 나올 때는 아무 말도 하지 않는 것이 상책이다.

"그런데 21세기 초에는 별의별 저장 방식이 다 있었어. 플로피 디스크, USB, HDD, CD, LD, 블루레이……. 이런 저장장치 종류들 들어 보신 적 있나? 아마 없을걸. 사료들이 이런 옛날 방식의 저장 장치들 속에 담겨 있고 나 같은 역사학자들은 그 내용을 열어 봐야 하는데, 저런 장치들은 벌써 거의 수십 년 전에 사라져 버려 더 이상 제조되지 않는 것들이라 그게 어려운 거야. 저장된 데이터들을 읽어 내는 장치도 모두 옛날 고물들을 수리해서 사용해야 하고 그 파일들을 읽어 올 프로그램들도 모두 수십 년 묵은 낡은 포맷들이고. 그래서 역사학자라는 이미지와는 전혀 어울리지 않게 실제 연구 활동은 백 년이나 된 낡은 컴퓨터 부품을 수리하고 프로그램을 복원하는 일이 훨씬 더 많았지. 정말 고생 많이 했어. 그런 장비들이 많이 남아 있다면 그나마 괜찮았겠지만, 메인 보드에 함유된 희토류 금속이나 귀금속을 채취한답시고 21세기 초반에 조직적으로 장치들을 파손해 버려서 얼마 남지 않은 장비들로 옛날 포맷의 파일들을 읽어 내느라 정말 죽도록 고생했다오.”

“그래도 보람 있는 일이셨겠지요?”

김철환 소장이 불쑥 추켜올려 주자, 의외로 역사학자의 얼굴은 어둡게 변했다.

“그랬으면 얼마나 좋았겠는가. 사료가 빈약하고 얻기 어려우니까 논문이 잘 안 나오고, 그러니까 점점 역사학과 교수직에 21세기 전공자가 임용되지 못하고, 취직이 어려우니까 전공자는 줄어드는 악순환이 계속되었다네. 나도 거의 육십 가까이 정규직 교수에 임용되지 못하고 비정규직으로 떠돌다가 환갑이 지나고서야 간신히 정규 교수로 채용되었지. 평생을 바쳐 겨우 직함 하나 손에 쥔 꼴이었어. 그렇게 평생 스트레스를 받았기 때문인지 임용된 지 겨우 이 년 만에 암에 걸려 안락사를 선택하게 되었다네. 오랜 기간 노력해서 늦게나마 보상을 받나 했는데 이렇게 허무하게 죽게 되다니……."

역사학자는 눈물을 한 줄기 흘리며 말을 잇지 못했다.

"인기 없는 전공을 택하셔서 고생 많이 하셨지만 그 노력은 후학들에게 큰 귀감이 될 것입니다."

김철환 소장이 역사학자를 위로하고 이제 슬슬 집행을 시작하려는 찰나, 세 번째 환자가 또 말을 시작했다.

"우주비행사와 대학교수라니 두 분은 보기보다 대단하신 분들이셨네요. 저는 그냥 엔지니어입니다. 태양광발전판 직하 환경 보호 기사였어요. 흔히들 줄여서 패널환경 기사라고 하지요. 이 직업 잘 모르시죠? 다들 아시다시피 21세기 오늘날의 전기는 대부분 태양광발전으로 생산되지요. 20세기에는 석유가 없으면 문명이 멸망한다고 했었지만 요즘에는 태양광 패널이 없으면 19세기로 돌아가야 할 겁니다. 그런데 태양광 패널을 설치해 놓으면 패널들이 태양광을 가려 버리기 때문에 그 밑의 생태계가 파괴된다는 문제가 있거든요. 예를 들면 풀밭에 태양광 패널들을 설치해 놓으면 그 아래 풀밭이 황무지로 변한다던가. 그래서 저처럼 태양광 패널 아래 생태계와 환경을 보호하고, 이왕이면 더 풍부한 생물 환경을 조성하는 일을 담당하는 전문 기사가 필요한 거지요."

"그거참 흥미로운 업무네요."

김철환 소장은 슬슬 지겨움을 느끼기 시작했지만 그래도 맞장구를 쳐 주었다.

"생겨난 지가 오래되지 않은 자격증이라서 잘 모르시는 분들이 많더라고요. 뭘 좀 안다 싶은 분들은 태양광 패널에 가려 햇볕이 차단되는데 어떻게 생태계가 형성되고 유지될 수 있느냐고 의아해하기도 하시지요. 그런 분들은 빽빽하게 우거진 숲이 나무들 때문에 대낮에도 햇볕이 거의 들지 않는 환경이라는 사실을 미처 생각하지 못하시는 거예요. 햇볕이 거의 들지 않는 그런 숲도 막상 안으로 들어가 보면 땅에 풀도 자라고 작은 동물들도 서식하고 그 나름의 생태계가 형성되어 있거든요. 물론 태양광 패널이 설치된 곳과 큰 나무들이 밀집한 숲이 똑같지는 않지만, 비슷한 원리로 태양광 패널들 아래에도 관리만 잘 해 주면 숲처럼 생태계가 유지될 수 있고 환경도 보존되는 것이지요."

마지막 세 번째 이야기가 언제 끝날지 조바심을 내면서 김철환 소장은 시계를 흘끔거렸다. 제한된 시간이 거의 다 되어 가고 있었다.

"제 자랑 같지만 저는 수많은 태양광 패널 설치 지역들 가운데 사하라 사막에서 일했어요. 사하라야 말로 일년 내내 뜨겁게 작열하는 강렬한 태양이 있고 땅에는 온통 모래뿐인 사막이라 태양광발전에는 지구상 최적의 입지였지요. 하지만 저 같은 패널환경 기사에게는 가장 일하기 어려운 곳이기도 해요. 임야나 풀밭 같은 곳은 이미 생태계가 형성되어 있어서 태양광 패널을 설치하더라도 그 생태계를 보존하는 데에 주로 주의를 기울이면 되는데, 사막은 그야말로 생태계가 전혀 없는 거나 마찬가지거든요. 워낙 태양이 뜨겁고 건조하고 그러니까요. 그래도 뜨거운 사막에 대규모 태양광발전 시설을 설치하면 패널 밑으로는 강렬한 직사광선이 직접 도달하지 않기 때문에 그 밑에 생태계를 생성할 수가 있어요. 물론 식물이 자라는 데는 물이 필요하니까 그 넓은 땅에 물을 공급하는 관개시설을 설치해야 하지만 그 옛날 20세기에도 이스라엘이나 남부 캘리포니아에서 사막 지대에 관개농업을 성공시킨 적이 있으니까 불가능한 일은 아니에요. 어떤 사람들은 모래 위에서 어떻게 농사를 짓느냐고 의아해하기도 하지만, 그 문제는 액상 나노 점토라는 신물질을 이용하면 됩니다. 나노 크기의 점토 입자를 물과 섞어 만든 것인데 이걸 모래 위에 수십 센티 두께로 뿌려 주면 놀랍게도 그 위에 농사를 지을 수 있답니다. 그것도 곧바로요. 최신 기술도 아니고 21세기 초에 이미 개발된 기술이에요. 그다음부터는 차근차근 단계를 밟아 적당한 작물들을 가져와서 재배하면 사막에서 생태계가 형성되기 시작하지요. 아마 직접 가서 보신 분들 여기 없으실 거예요. 불모의 사막이 태양광 패널로 덮여 엄청난 양의 전력을 생산하면서 패널 밑에는 각종 작물이 자라며 땅을 비옥하게 만드는 장관을요. 아직은 진행 중이지만 정말 보람 있는 일이었습니다."

이제 그만 끝내기를 바랐지만 이야기는 계속되었다.

"물론 저 혼자 그 일을 다 하는 것은 아니죠. 우리 팀 사람들은 지금도 계속하고 있어요. 제가 이렇게 삼십 대 젊은 나이에 스스로 안락사를 결정해야 했던 이유는 피부암 때문입니다. 사하라의 그 강렬한 태양이 저에게 피부암을 일으킬 줄이야 누가 생각했겠어요. 서양에는 햇볕이 강한 지역에서 흔히 발생하는 암이라던데 우리 한국 사람들은 피부암이 워낙 드물어서 대비를 소홀히 했던 탓이지요. 피부암이라니⋯⋯. 생각도 못 했던 희귀한 암 때문에 사십 살도 되기 전에 이렇게 스스로 안락사를 선택하게 됐네요."

다행히 이야기는 거기서 끝났다.

다들 돌아가며 한 번씩 자신의 인생들을 회고하고 나니까 아무도 입을 여는 사람 없이 병실 안은 조용해졌다. 아마 조금 전에 풀어 놓았던 자신들의 일생을 회상하면서 인생을 정리하고 있는 것 같았다. 다음 절차가 시작되어 대기하고 있던 승려, 신부, 목사들이 들어와 각자 마지막으로 귀의하고 싶은 종교의 의식을 치렀다. 이제 정말로 마지막 순간이 되었다.

김철환 소장이 벽시계를 보면서 시간이 거의 다 되었음을 확인하고 있는데 우주비행사가 갑자기 큰 목소리로 물었다.

"소장님, 제가 꼭 지금 죽어야 합니까?"

예상하지 못했던 질문에 김철환 소장은 당황스러웠다. 이제 와서 저런 소리를 하면 어쩌자는 말인가.

"안락사는 고통을 줄이고 가족들에게 부담을 지우지 않기 위해서 여러분 스스로 선택하신 것입니다. 그리고 이제 시간이 되었습니다."

"그러니까 저 스스로 취소할 수도 있는 것 아닙니까? 어차피 죽을 거지만, 지금 죽기는 싫어졌습니다. 나에게 아직 몇 달의 삶 정도는 여전히 남아 있습니다. 이 몸으로 마젤란 성운까지 가기는 무리겠지만 달이나 화성 정도는 어떻게든 갈 수 있습니다. 나는 이렇게 병실 안에서 죽고 싶지 않습니다. 어차피 죽을 거라면 내 인생을 바친 우주에서 죽고 싶습니다. 우주복을 입고 우주 공간으로 나가서 별들을 바라보며 나 스스로 우주복의 공기를 방출시켜 버리면 됩니다. 그것이 우주비행사의 자부심에 걸맞은 안락사라는 생각이 듭니다. 옛날 바다 사나이들도 바다에서 죽는 것을 가장 명예롭게 여겼다고 하잖습니까. 저는 오늘 안락사 취소시켜 주십시오, 소장님."

김철환 소장이 당혹스러운 표정으로 뭐라고 답을 하려 했지만 우주비행사를 이어서 역사학자도 말을 시작했다.

"나도 그래. 평생을 노력해서 이제 겨우 대학교수가 됐는데, 보람을 느껴보기도 전에 이렇게 허무하게 죽기는 싫어. 죽을 때 죽더라도 강단에서 강의하다가 죽을 거야. 그것이 교수에게는 가장 명예로운 죽음이라고. 아직 방학 중이니 학교로 돌아가서 신학기 강의를 배정해 달라고 하면 될 거야. 오늘 안락사는 취소시켜 주게. 나는 학교로, 강의실로 돌아가겠어."

한번 분위기에 휩쓸리니 패널환경 기사도 똑같은 소리

를 하기 시작했다.

"소장님, 저도 오늘 이 자리에서 죽기는 싫어졌어요. 죽을 때 죽더라도 이렇게 차가운 병실에서 뭔지도 모를 주사를 맞고 저승에 가고 싶지는 않아요. 긴 시간은 아니었지만, 내가 정성으로 보살펴 키운 식물들이 있는 사하라로 가고 싶어요. 강렬한 태양이 태양광발전 패널들을 비추는 사막에서 패널 아래 예쁜 꽃들과 덤불 속에 누워 평안한 마음으로 죽음을 맞았으면 좋겠어요. 그게 태양광발전판과 그 아래 생물들을 돌봐 왔던 저의 짧은 인생에 어울리는 죽음인 것 같아요. 저도 여기서 내보내 주세요!"

이런 일이 생길 것이라고는 전혀 예상하지 못했다. 입회자들은 모두 곤혹스러운 표정으로 김철환 소장을 쳐다보았고 그도 당황스럽기는 마찬가지였다.

"오늘 이 시간에 안락사를 선택하신 것은 바로 여러분들 자신입니다. 비용도 모두 지불하셨고, 가족들도 모두 동의하셨고, 법률로도 허용되어 있고……."

억양 없이 앵무새처럼 원리 원칙을 읊어 내리는 김철환 소장의 말을 가로채 역사학자가 성난 어조로 소리를 질렀다.

"그러니까 바로 우리 스스로 선택을 철회한다는 것 아

닌가? 우리의 자유의지로 안락사 선택을 철회한다는 게 뭐가 문제인데?"

우주비행사도 덩달아 높은 목소리로 말했다.

"그 말이 맞습니다. 선택권은 우리에게 있습니다. 당장 안락사를 중지해 주십시오."

김철환 소장은 목소리를 가다듬고 되도록 권위 있어 보이도록 정색을 한 다음에 대답했다.

"유감입니다만, 이제 여러분에게 선택권은 없습니다. 안락사는 곧바로 진행될 것입니다."

이 말이 떨어지자 침대에 누운 세 명은 모두 소리를 지르며 몸을 흔들기 시작했지만 병상에 묶여 있었기 때문에 아무 소용이 없었다. 그들은 절망과 분노가 뒤범벅된 패닉 상태가 되었다.

"이건 안락사가 아니라 살인이잖아!"

"소장, 중지시켜 중지! 나는 지금 죽기 싫어!"

점점 더 소란스러운 분위기가 심해지는 와중에 장운경 과장이 재촉했다.

"소장님, 시간이 많이 지났습니다."

김철환 소장은 고개를 끄덕였다. 버튼 하나만 누르면 저들을 죽음으로 인도할 독극물이 링거를 타고 혈관 속으로 흘러 들어갈 것이다. 담당관이 자리에 서서 준비되었다는 눈짓을 보냈다. 점점 더 커지는 비명과 울부짖음 속에 김철환 소장이 무표정하게 명령을 내렸다.

"집행하시오."


김철환 소장은 장운경 과장과 함께 방을 나와 흰색 가운을 벗고 교도관 제복으로 갈아입었다. 아마 지금 방 안에서는 진짜 의사들이 사망자들의 죽음을 의학적으로 확인하고 그에 따르는 후속 조처를 시행하고 있을 것이다. 형식적이지만 반드시 처리해야 할 몇 가지 서류에 2041년 2월 28일 오늘 자로 서명을 마쳤다.

사형 집행장 건물 밖으로 빠져나오니 날씨가 제법 화창했다. 이십 년 가까이 교정직 공무원으로 근무해 왔지만 사형 집행에 입회한 것은 오늘이 처음이었다. 인권 문제와 관련되어 있기 때문에 사형 집행 자체가 애초에 그리 자주 있는 일이 아니기 때문이었다.

기자 간담회를 준비하러 가는 장운경 과장과 서로 수고했다는 인사를 건넨 후에 교도소장실로 향했다. 소장실에 도착해서는 긴장을 풀기 위해 뇌파 마사지 장치에 머리를 들이밀었다. 난생처음 사람이 죽임을 당하는 모습을 직접 보았으니 긴장한 머리를 조금 편하게 해 줄 필요가 있었기 때문이었다. 미용실의 파마기처럼 생긴 이 기계는 가격이 상당해서 교도소 전체에 이곳 소장실 한 군데만 설치되어 있는, 행시 출신 고급 공무원의 특권 가운데 하나였다.

TV를 켜니 모든 공중파 채널이 방금 전에 있었던 새로운 방식의 사형 집행에 대한 뉴스와 대담 프로그램으로 도배되고 있었다. 이 사건이 정말로 전국적인, 아니 세계적인 관심사이기는 한 모양이다. 특별 편성된 뉴스 속보에서는 앵커가 심각한 표정으로 소식을 전하고 있었다.

"방금 전에 XX교도소에서, 새로이 도입된 '기억이식 투영법'에 의한 사형이 집행되었습니다. 장영길 법무부 대변인은 새로운 사형 방식이 별다른 문제 없이 시행되었다고 발표하였으며, 앞으로도 교정 효과가 큰 새로운 사형 집행 방식을 계속 실시할 방침이라고 말했습니다. 잠시 후에 주원찬 법무부 장관의 기자회견이 있을 예정입니다. 대변인의 발표를 녹화로 먼저 보시겠습니다."

집행 완료 보고가 올라가자마자 법무부에서 발표한 모양이다. 이십 년 전 로스쿨 학생이었던 영길은 이제 법무부 대변인이 되어 있었다.

"저희 대한민국 법무부는 최근 개발된 '기억이식 투영법'을 이용하여 사형수가 과거의 죄를 잊고 완전히 새로운 기억을 주입받은 상태에서 처형되는 방식을 입안하여 오늘 세계 최초로 실시하게 되었습니다. 오늘 형이 집행된 3인의 사형수들은 모두 22세기의 인물로서 각자 보람된 인생을 살았다는 기억을 주입받았고, 선량한 시민으로서 단지 암에 걸려 안락사를 선택했다는 상황 설정 아래 사형이 집행되었습니다. 비록 그들은 흉악범이었지만 형이 집행될 때에는 선량한 시민 의식을 가지고 교정이 완료된 채로 세상을 떠났습니다. 이러한 사형 집행 방식은 범죄자의 교정과 교화를 목적으로 하는 현대 법률 체계와 잘 부합한다고 사료되며⋯⋯."

　이십 년 전 자신이 말했던 대로 영길은 여전히 범죄자에 대한 교정주의 스탠스를 그대로 고수하고 있었다. 비록 그 대상이 사회에서 사형수들일지라도 말이다.

　다른 방송으로 채널을 돌리자, 이번에는 대담 형식의 프로그램에 준우가 출연하고 있었다. 이십 년 전 뇌과학을 공부하던 의과 대학원생에 불과하던 그가 이제는 기억이식 투영법을 개발한 천재 과학자로 유명해져 있었다. 사실 전자파로 뇌의 긴장을 풀어 준다는 이 뇌파 마사지 장치도 준우의 연구 결과를 응용한 물건이었다.

"기억이식 투영법을 발명하신 최준우 박사님께 여쭙고 싶습니다. 이번에 형이 집행된 사형수들은 모두 극악무도한 살인범들입니다. 그중 한 명은 열 명이 넘는 부녀자들을 강간 살해한 연쇄살인마였고요. 이런 자들에게 과거를 모두 잊게 하고 보람 있는 인생이었던 것처럼 기억을 주입해서 행복한 죽음을 맞도록 하는 기억이식 투영법이 과연 정의롭다고 할 수 있습니까?"

사회자의 질문에 준우는 이십 년 전과 마찬가지로 흥분하여 붉어진 얼굴을 앞으로 들이밀며 답변했다.

"저는 과학자입니다. 제가 기억이식 투영법을 개발한 것은 어디까지나 뇌과학자로서 연구한 성과일 뿐이고, 그걸 사형수 교정에 응용한 것은 제가 아니라 법률가들이죠. 그게 옳은 사용법인지 아닌지는 법률가들과 사회가 결정할 일이지 제가 판단할 일이 아니라고 봅니다. 하지만 한 명의 시민으로서 제 의견을 말씀드리자면 저의 연구 결과가 저런 흉악범들이 편안한 죽음을 맞이하는 데 중요한 역할을 했다는 사실이 아주 불만스럽습니다. 저런 식으로 조작된 기억을 주입했다고 해서 사형수들이 진정으로 교정된 것인지 누가 장담할 수 있습니까? 제 생각에 이런 식의 처벌은 거짓 기억, 거짓 교정일 따름입니다!"

김철환 소장은 다른 방송국으로 채널을 돌려 봤다. 여기서는 시위대의 모습을 비춰 주고 있었다.

"오늘 한국인권운동연합에서 주최한 시위에는 경찰 추산 약 이천 명의 인원이 광화문 광장에 모였습니다. 인권운동연합은 발표한 성명서에서 사형수를 포함한 그 어떤 수형자에게도 기억을 조작하는 일은 기본적인 인격의 심각한 침해이며 즉각 중지되어야 한다고 주장했습니다."

다른 채널에서는 법무부 청사 앞 시위대의 모습이 방영되고 있었다.

"피해자유가족협의회는 법무부 청사 앞에서 피켓 시위를 하고 있습니다. 유족 대표인 조현학 씨는 방금 전 인터뷰에서 '잔인한 살인마들이 행복한 기억을 가지고 편안히 숨을 거둔다는 현실에 분노한다'고 밝혔습니다. 아무 죄도 없이 공포에 질린 채 죽임을 당해야 했던 피해자들의 억울함과 인권은 과연 누가 보호해 줄 수 있는 것일까요? 강력 범죄자들이 지은 죄에 걸맞게 무서운 처벌을 받아야 한다는 여론은 여전히 광범위한 지지를 받고 있는 것 같습니다……."

저 사람들은 모두 사형수들이 조작된 기억 덕분에 행

복한 감정에 휩싸여 생을 마감했다고 짐작하는 모양이다. 그들이 마지막 순간에 안락사로 위장된 사형 집행조차 거부하며 겁에 질린 채로 죽어 갔다는 사실이 알려지면 저렇게 다양한 입장들이 어떻게 달라질지 철환은 몹시 궁금했다.

작년에 교도소장으로 승진할 때만 하더라도 이렇게 듣도 보도 못한 방식으로 사형이 집행되는 현장을 자신이 지휘하게 될 줄은 전혀 예상하지 못했었다. 행시 출신의 교도소장이 의사 가운을 입고 안락사를 위장해야 하다니.

역시 직렬을 바꾸지 말아야 했을까? 네 번째 도전에서 교정 직렬로 바꾸어 행시에 합격한 이후로 이십 년 가까이 착실히 교정직 공무원으로 근무해 왔다. 교정 직렬은 기본적으로 교도소에서 재소자들을 관리하는 업무를 맡는다. 다른 말로 간수, 또는 교도관이다. 작년에는 작은 곳이지만 교도소장까지 승진했을 만큼 평탄한 고급 공무원 생활이었다.

하지만 아슬아슬한 차이로 번번이 낙방하던 그때, 조금만 더 운이 좋았더라면 지금 사형 집행이나 지휘하는 대신 몇조 원 규모의 국가 예산을 기획하고 있었을지도 모른다고 생각하니 아쉬운 느낌이 드는 것은 어쩔 수 없는 일이었다.

기자회견이 시작되었는지 TV 화면에 법무부 장관의 얼굴이 나타났고 그 옆에 영길이 배석해 있는 모습도 보였다. 다른 채널 화면에서는 준우가 여전히 사회자와 대담을 나누며 스포트라이트를 한 몸에 받고 있었다. 아마 몇 분 뒤면 철환 자신도 기자 간담회를 통해 매스컴을 타게 될 것이다. 우리 셋 중의 어느 누구도 이십 년 뒤에 이런 식으로 그날의 대화와 연관된 주제를 통해 서로가 연결될 줄은 조금도 예상하지 못했었다.

"소장님, 기자 간담회 준비가 끝났습니다."

노크 소리와 함께 문밖에서 장운경 과장의 목소리가 들렸다. 철환은 뇌파 마사지기에서 머리를 빼고 일어나 간담회장으로 가기 전에 다시 한번 복장 상태를 체크했다. 그리고 소장실의 문을 열려 하다가, 갑자기 아까 안락사 병실에 있던 기억이식 투영 장치와 자신의 사무실에 놓여 있는 뇌파 마사지 장치가 똑같이 미용실의 파마기를 닮았다는 생각이 떠올라 잠시 멈칫했다.

이십 년 전 그날의 술자리에서 행정고시를 거쳐 여기 소장실까지 내 인생의 기억은 정말로 진짜일까? 어쩌면 조금 전에 사용했던 뇌파 마사지 기계가 사실은 기억이식 투영 장치였던 것은 아닐까? 혹시 이 문을 열고 나가면 바깥에는 장운경 과장이 아니라 장운경 교도관이 서 있고, 나는 교도소장이 아니라 사형수이고, 간담회장의 내 의자는 사형 집행용 전기의자인 것은 아닐까?

불과 한두 시간 후면 그는 사형수로서 전기의자 앉아 생을 마감하게 될지도 모른다.

물론, '교정이 완료'된 채로.

## 기억이식 투영법부터 사막에서 농사짓는 법까지

**❶ 기억이식 투영법?**

그런 거 없습니다. 「안락사 병실」에 나오는 기억이식 투영법은 이름만 그럴싸할 뿐이지 실제로는 존재하지 않는 기술입니다.

뇌과학이 발전하면서 SF에 사람의 기억을 조작하는 이야기가 굉장히 많이 등장하고 있습니다만, 뇌의 작동 원리나 기억이 구체적으로 어떻게 머릿속에 기록되는지에 대해서는 아직 밝혀진 것이 거의 없습니다. 따라서 기억을 조작하는 방법도 아직까지는 SF적 상상의 산물일 뿐이며 현실의 과학 원리로 설명될 만큼 개발이 이루어지지 못하고 있습니다.

뇌과학 또는 뉴로사이언스 분야에서 지금 어느 정도 확실히 밝혀진 내용은 크게 두 가지입니다.

하나는 뇌의 어느 부분이 어떤 역할을 분담하느냐 하는 것입니다. 대체로 두뇌의 이마에 해당하는 부분(전두엽)이 주로 생각하고 판단하는 역할을, 뒤통수에 해당하는 부분(후두엽)이 주로 눈으로 보는 시각 정보의 처리를, 귀 근처에 해당하는 부분(측두엽)이 주로 소리를 듣고 이해하는 청각 정보나 냄새를 맡고 구분하는 후각 정보를 처리하는 역할을 수행한다는 것입니다. 왼쪽 뇌(좌뇌)가 이성적이고 논리적인 사고를 주로 담당하고, 오른쪽 뇌(우뇌)가 감정적인 행동이나 감각의 처리를 주로 담당한다는 널리 알려진 상식도 두뇌 각 부분의 역할에 대한 기존 지식 가운데 하나지요.

그런데 어느 부분이 어떤 일을 한다는 사실은 알고 있지만 그 부분이 어떻게 생각을 하고 어떻게 기억을 하고 어떻게 시각 정보를 처리하는지는 여전히 구체적으로 알지 못합니다. 이마 부분의 전두엽이 생각을 한다는 것은 알지만 그 상세한 과정은 이해하지 못하고 있으니 인위적으로 생각을 조종하거나 사고방식을 바꾸거나 하는 일이 가능할지는 아직 아무도 모르는 상황입니다.

뇌과학이 어느 정도 확실하게 밝혀낸 또 다른 사실은 뇌의 작동이 뉴런 사이의 연결에 의해서 이루어진다는 사실입니다. 뉴런은 고등학교 생물 수업에도 나오는 뇌세포의 일종인데요, 사람의 뇌는 길쭉하게 생긴 수백억 개의 뉴런들이 서로 얼기설기 그물처럼 뒤얽혀 있는 시스템입니다. 하나하나의 뉴런은 단순한 세포일 뿐이지만 그런 뉴런들을 엄청난 숫자로 모아서 연결해 놓으면 거기서 인간의 사고, 기억, 감각 같은 복잡한 두뇌 작용이 나타나는 것입니다. 그런데 뉴런의 연결이 어떻게 이루어져야 사람의 뇌가 기억을 하는지는 아직 거의 이해하지 못하고 있습니다.

오히려 컴퓨터 기억장치가 어떻게 동작하는지는 사람이 완전히 이해하고 있습니다. 컴퓨터 메모리는 아주 작은 기억소자들로 이루어져 있고 각 소자들에 0 또는 1이라는 숫자가 전기나 자기로 표시되어 있으며 이 숫자들의 묶음이 정보를 표시하여 기억이 이루어지는 것입니다.

뉴런의 경우도 흥분 상태(1)와 안정 상태(0)로 표시되지만, 컴퓨터 메모리와 달리 뉴런 몇 개의 흥분 또는 안정 상태를 인위적으로 바꾼다고 해서 기억이 사라지거나 변화하지는 않습니다. 오히려 뉴런과 뉴런들이 어떻게 연결되어 있느냐가 기억이나 생각에 더 중요한 역할을 하는 것으로 알려져 있습니다. 하지만 뉴런들이 구체적으로 어떻게 연결되어서 기억이 형성되느냐 하는 문제에 이르면 현대 뇌과학도 거의 아는 바가 없는 상황이고, 그래서 기억을 어떤 방법으로 바꿀 수 있는가 하는 문제도 당장 가까운 미래에 해결될 전망이 보이지 않고 있는 것입니다.

그러나 지금 당장 가능성이 보이지 않는다고 해서 절대로 안 된다고 장담할 수는 없겠지요. 누군가 뇌과학 분야에서 지금까지 아무도 생각하지 못했던 혁신적인 기술을 개발하여 사람의 기억 조작이 가능하게 될 수도 있습니다. SF는 그런 기술을 오래전부터 상상해 왔으며 SF에서 기억의 조작은 굉장히 자주 다루어지는 주제여서 이제 거의 클리셰 수준에 다다랐다고 해도 과언이 아닙니다.

이 주제의 독보적인 SF 거장이 바로 그 유명한 필립 K 딕입니다. 아예 제목부터 의뢰자가 원하는 대로 기억을 조작해 주는 기술을 다룬다고 강조하는 『도매가로 기억을 팝니다』(할리우드 영화 〈토탈 리콜〉의 원작 소설)부터 시작해서 그의 출세작인 『사기꾼 로봇』을 거쳐 영화로 더 유명한 『안드로이드는 전기 양의 꿈을 꾸는가?』(영화 〈블레이드 러너〉의 원작 소설)에 이르기까지 필립 K 딕은 그의 많은 소설에서 일관성 있게 조작된 기억이라는 주제에 집착하고 있습니다. 기억의 조작이라는 주제에 관심 있으신

독자 여러분께 필립 K 딕의 소설들을 한번 읽어 보시라고
권유하고 싶습니다.


❷ 기억 조작의 윤리

그다지 길지 않은 단편이지만 「안락사 병실」에는 여러
가지 다양한 윤리적 문제가 모티브로 활용되고 있습니다.

아마도 독자 여러분께서 가장 자주 접하실 수 있는 윤
리 문제는 사형 제도의 정당성 문제와 처벌보다 교정을
우선하는 현대의 사법제도 때문에 종종 발생하는(일반인
들의 눈높이에서 보기에) 터무니없이 관대한 판결의 문제일
것입니다. 이런 법률적이고 사회적인 윤리 문제는 워낙
방대한 논의가 필요한 주제이고 과학자인 저 자신도 전문
가가 아니므로 그냥 언급하는 정도로만 지나가려 합니다.

다음으로 윤리적인 문제를 야기하는 주제는 기억 조작
이 윤리적으로 정당한가 하는 문제입니다. 누구라도 자신
의 기억을 남이 조작한다고 생각하면 싫다는 감정이 먼저
들게 될 것입니다. 기억이든 뭐든 모르는 사람이 내 머릿
속을 헤집고 다니는 것 자체가 결코 기분 좋은 일이 아니
겠지요.

당연히 기억 조작 기술은 여러 가지로 악용될 수 있습

니다. 예를 들면 공산 독재국가에서 민주 인사들을 체포해 기억을 조작하는 것입니다. 그 사람이 자신은 과거에 충성스러운 골수 공산주의자였다고 기억하도록 말입니다. 이런 기억을 가진 사람이 시술을 받은 후에도 여전히 민주 인사로 남아 있을까요? 이것이 공산 독재국가에서 흔히 실시되는 고문을 통한 세뇌와 무엇이 다르단 말입니까. 본인이 원하지 않는 기억의 조작은 분명히 인권 침해의 소지가 있습니다.

그렇다면 나 자신이 원해서, 나에게 도움이 되는 방향으로, 나에게 해를 끼치지 않는 방법으로 나의 기억을 조작한다면 아무 문제가 없을까요?

이런 상황을 가정해 봅시다. '나'는 과거에 사랑하는 연인과 함께 차를 타고 가다가 '나'의 운전 실수로 인해 큰 교통사고를 당한 적이 있습니다. 그리고 '나'는 운 좋게 살아남았지만 연인은 그 사고 때문에 사망해 버렸습니다. 아마 '나'는 '나' 때문에 사랑하던 사람이 죽었다는 도의적 죄책감에 평생을 시달리게 될 것입니다. 그래서 '나'는 죄책감에서 벗어나고자 '내'가 스스로 원해서 기억 조작 시술을 받게 됩니다. 내게 이식된 기억은 연인과 행복했던 기억만 남기고 연인은 불치병 때문에 불가항력적인 일로 세상을 떠난 걸로 설정하고요. 그러면 고통스러운 기억에서 벗어날 수 있겠지요. 아무 문제없을 것 같다고요?

사람의 기억은(심지어 나쁘고, 고통스러우며, 트라우마에 해당하는 기억까지도) 그 사람의 정체성을 구성하는 중요한 요소입니다. 어떤 사람의 정체성을 구성하는 것은 그 사람의 살덩이나 내장이 아니라 그 사람의 기억, 사고방식 같은 '생각'이기 때문입니다. 따라서 기억을 조작하는 행위는, 그 결과가 어떤 사람에게 도움이 되든 해가 되든 상관없이 그 사람의 정체성을 바꾸거나 파괴하는 일입니다. 기억이 조작된 인물은 이미 조작 이전의 인물과 다른 사람이라는 것이지요. 기억상실증에 걸린 사람의 행동이 이전과 같지 않은 이유는 그 인물의 정체성이 달라졌기 때문입니다.

따라서 기억의 조작이 가능하다고 해서 그런 기술을 인간에게 적용하는 것이, 설령 본인이 원하고 기대되는 효과가 긍정적일지라도, 과연 윤리적으로 옳은 일인지 여전히 심각한 의문을 남기게 될 것입니다.


❸ 암흑물질

암흑물질은 실제 과학에서도 비교적 최근에 등장한 흥

미로운 개념이고 SF 분야에서도 활용되기 시작한 지 얼마 되지 않은 비교적 참신한 소재입니다. 아마도 '암흑'이라는 단어의 느낌이 뭔가 신비하고 악당 같은 느낌을 주기 때문에 SF 작가들이 구미가 당기는 것은 아닐까 생각해 봅니다.

그런데 정작 암흑물질 자체는 다른 물질에 비해 한 가지만 빼놓고 그다지 특별한 것이 없습니다. 암흑물질에서는 빛이나 전파가 전혀 나오지 않기 때문에 지구에서 이 물질을 직접 관측할 방법이 전혀 없다는 사실입니다. 아예 보이지 않기 때문에 '암흑' 물질이라는 이름이 붙은 것뿐입니다. 암흑물질 자체는 빛이나 전파로 관측할 수 있는 다른 일반적인 물질과 본질적으로 다르지 않으며, 당연히 악한 성질 같은 것도 없습니다.

전혀 관측할 수 없는 물질이 존재한다는 것을 어떻게 알 수 있었을까요. 암흑물질이 처음 발견된 계기는 이렇습니다. 우리 은하를 포함해서 많은 은하가 시계처럼 빙글빙글 돌아가며 회전하고 있습니다. 그런데 그 회전하는 속도를 측정해 봤더니 뭔가 정상적이지 않다는 사실이 밝혀진 것입니다.

이런 이상한 현상을 설명하는 방법이 몇 가지 있는데

그 가운데 가장 대표적인 이론이 여러 은하에 우리가 망원경으로 관측할 수 없는, 그래서 우리가 그때까지 전혀 알지 못했던 또 다른 물질이 존재한다고 가정하는 것이었습니다. 이 물질이 바로 암흑물질입니다.

엄밀하게 말하자면 암흑물질은 아직 확실하게 입증된 과학적 사실이 아닙니다. 암흑물질이 존재한다고 가정하면 은하의 비정상적인 회전운동을 포함하여 여러 가지 우주 현상을 쉽게 이해할 수 있기 때문에 '아마도 존재할 것이다'라고 가정되고 있을 뿐이지요.

그렇기에 암흑물질이 존재하지 않는다고 생각하는 과학자들도 있습니다. 예를 들어 수정뉴턴역학 학파는, 우리가 알고 있는 뉴턴의 만유인력(중력) 법칙이 아주 약간 틀렸다고 가정하면 앞서 언급한 은하의 비정상 회전운동을 쉽게 설명할 수 있기 때문에, 암흑물질 같은 것은 존재하지 않으며 오히려 뉴턴의 법칙에 약간 수정을 가해야 한다고 주장하고 있습니다.

2023년 현재 많은 과학자가 암흑물질이 존재할 가능성이 높다고 생각하고 있지만 암흑물질이 정말로 있는 것인지, 존재한다면 암흑물질은 어떤 물질인지 아직은 확실하게 밝혀지지 않은 상태이며 실제로는 암흑물질이 존재하지 않고 거꾸로 수정뉴턴역학 같은 대안 이론이 옳을 가능성도 결코 무시할 수는 없습니다. 모든 것이 아직은 가설이며 추측의 영역일 뿐입니다.

암흑물질이 아직 존재조차 확실히 증명되지 않았기 때문에 그 성질에 대해서도 알려진 바가 거의 없습니다. 소설의 내용처럼 암흑물질이 인간에게 암을 유발한다는 이야기는 전혀 근거가 없으며 단지 소설가로서 제가 SF의 소재로 멋대로 상상해 본 것입니다.

하지만 아무런 맥락 없이 공상한 설정은 아니고 우주 공간에서는 각종 방사능*이 매우 강하기 때문에 우주비행사들이 방사능을 막는 특수한 옷을 입어야 하는 현실을 반영한 것입니다. 지구 궤도나 고도가 높은 하늘에서는 방사선이 매우 강력하기 때문에 우주비행사들이나 비행기 파일럿들은 암이 발생하거나 생식세포의 유전자 변형이 일어날 가능성이 일반인들에 비해 훨씬 더 높다고 합니다.

---

* 조금 더 정확히 말하면 우주선(宇宙線, cosmic ray).

## ❹ 사막을 농토로 바꾸는 나노 기술

화력발전이나 원자력발전이 환경에 미치는 악영향 때문에 최근 태양광발전을 비롯한 각종 친환경 발전 기술에 대한 관심이 높아지고 있습니다. 우리나라에서도 지난 십여 년간 태양광발전 기술을 보급하기 위해 많은 관심을 기울였고 건물의 옥상이나 야산처럼 다양한 장소에서 태양광발전 패널들을 볼 수 있지요.

그런데 역설적이게도 친환경 발전 기술들조차(화력이나 원자력만큼은 아니지만) 각종 환경 파괴 문제를 발생시키고 있습니다. 대표적인 예로 바람을 이용하는 풍력발전 같은 경우 발전장치의 소음이 너무 커서 풍력발전기가 설치된 지역 주민들에게 큰 불편함을 준다고 합니다.

태양광발전의 경우에는 발전용 패널이 햇빛을 가려서 그 아래 수풀이나 풀밭 같은 생태계가 파괴되는 문제가 계속 제기되고 있습니다. 멀쩡하던 임야나 들판에 태양광 발전 설비를 설치하면 그 땅은 오랫동안 햇빛을 받지 못하고 식물들이 모두 황폐화되어 버리는 환경 파괴가 일어난다는 역설입니다.

그래서 저는 이런 태양광발전의 부작용을 역으로 이용하여 사막에 태양광발전 장치를 설치하고 그 아래 토지를 농사지을 수 있을 정도의 녹지로 바꾸는 기술을 상상해 보았습니다.

애초에 사하라 사막과 같이 햇볕이 극단적으로 강렬한 곳에서 태양광발전을 한다는 구상은 저의 독창적인 상상이 아니고, 태양광발전이 연구되던 수십 년 전부터 이미 과학자들이 제안했던 아이디어입니다. 사막은 태양광이 매우 강해서 발전 효율이 높고 현재 아무도 사용하지 않는 불모지라서 환경 파괴나 토지 이용의 문제가 거의 없기 때문에 오래전부터 태양광발전의 최적지로 각광받아 왔습니다.

과학자들은 거기에서 한 걸음 더 나아가 발전 패널이 사막의 강렬한 태양광을 막아 주면 온통 모래뿐인 그 아래 그늘에서 경작도 가능하지 않을까 기대하고 있습니다. 현재의 농업기술만으로도, 사하라 같은 완전한 모래사막에서는 어렵지만 이스라엘이나 남부 캘리포니아 같은 메마른 건조 지대에 먼 곳으로부터 물을 끌어들여 관개수로를 만들고 농사를 지을 수 있도록 땅을 개간한 사례는 많이 있습니다. 따라서 농사짓는 것을 불가능하게 만들 만큼 강한 사막의 햇빛을 발전 패널로 차단하고 먼 곳에서 농업용수를 끌어올 수만 있다면 불모의 사막을 새로운 경작지로 탈바꿈시키는 것이 마냥 불가능한 일만은 아닐 것입니다.

여기에 더해서 최신 나노 기술이 놀라운 가능성을 보여 주고 있습니다. 이십여 년 전에 노르웨이에서 개발된 액상나노점토 기술은 나노 크기의 점토 입자를 물과 섞어 모래 위에 뿌려 주는 방법으로 모래땅을 경작 가능한 토지로 바꿔 줍니다. 모래사막에서 농사를 지을 수 없는 이유는(농업용수를 끌어와 수분을 공급해 주더라도) 영양분이 모래에 머물러 식물의 뿌리에 흡수되지 못하고 농업용수에 금방 씻겨 내려가기 때문인데, 나노점토를 모래 알갱이에 코팅하면 수분과 영양이 모래에 달라붙어 남아 있게 되므로 농사를 지을 수 있게 된다는 것입니다.

이 기술의 한 가지 단점은 비용이 많이 든다는 사실입니다. 2021년 기준으로 1평당 최저 이만 오천 원에서 최대 칠만 원이 소요된다고 합니다. 넓은 농지에 적용하기에는 아직 비용이 높지만 가까운 미래에 나노점토 기술이 더욱 발전하여 가격이 저렴해지고 태양광 패널의 발전 효율 또한 높아지면 사하라 같은 광활한 사막에 햇볕을 막아 주는 발전 패널과 나노점토로 이루어진 '태양광발전+사막 농업 복합 지대'가 형성될 수 있을 것입니다.

# 예술가에게
# 어울리지
# 않는
# 부업

—

양자물리학과 렌즈 광학

원래 치사하고, 비겁하고, 은밀하고, 합법과 불법의 경계선에 있는 직업일수록 수입이 좋은 법이다. '강남 학군에서 근무할 때 그 돈 많다는 강남에서도 눈에 띄게 부티나는 학생이 있기에 부모가 뭐 하는 사람인가 궁금했는데 알고 봤더니 강남 유흥가의 주먹 황제였더라'는 중학 시절 담임 선생님의 말씀이 지나고 보니 인생의 진리였다. 선생님, 교훈을 주셔서 감사합니다. 지금 제가 하고 있는 일이 바로 그렇습니다.

프로야구 시즌 개막전이 열리고 있는 야구장의 외야 관중석 제일 앞줄에 나는 스포츠 전문 사진 기자인 척 위장하고 앉아 있다. 내 옷 소매에는 '보도'라는 큼직한 글씨가 쓰여 있는 완장이 달려 있고 내 앞에는 으리으리한 망원렌즈 시스템이 장착된 최고급 카메라가 육중하고 견고

한 삼각대 위에 자리 잡고 있다.

외야 쪽에서 야구장을 촬영하는 사진기자처럼 위장하면서 내가 실제로 하는 일은 상대편 포수의 사인을 훔쳐보는 것이다. 영어로 사인 스틸링(sign stealing). 상대 구단 포수의 사인을 멀리 외야로부터 촬영해서 우리 편에게 전달한다.

불법이 아니냐고? 아까 그랬잖은가, 합법과 불법의 경계선 위에 있는 일이라고. 뜻밖이겠지만 야구에서 상대편의 사인을 훔쳐보는 것 자체는 반칙이 아니다. 예를 들면 경기 중 2루에 서게 된 주자가 상대편 포수의 사인을 훔쳐보는 것은 엄연히 경기의 일부로 간주된다.

그렇다면 나처럼 경기장 밖에 있는 사람이 사인을 훔쳐보는 것은? 이 부분이 상당히 애매한데 나라나 리그마다 상황이 다양해서 아예 규정이 없는 경우도 있고 특정한 종류의 기기 사용만 금지하는 경우도 있다. 적어도 한국 프로야구에서는 내가 지금 하고 있는 작업이 적발되더라도 업무 방해죄 따위로 형사처벌 받지 않는다. 그렇지만 발각되면 구단 이미지가 나락으로 떨어지고 엄청난 도덕적 비난을 뒤집어쓰게 되기 때문에 어떻게든 은밀히 수행해야 하는 작업인 것도 사실이다.

물론 누군가 내게 직업이 뭐냐고 물어올 때 사인 도둑이라고 답하지는 않는다. 사인 훔치기는 어디까지나 부업이다, 부업! 나의 본래 직업은 사진 예술가다. 거짓말 아니다, 진짜다. 이래 봬도 나는 대학교도 사진학과를 졸업했고 협회에도 등록되어 있으며 공모전에 당선된 적도 있는 정식 사진작가다.

　내가 부업을 시작한 이유는 예술만으로는 먹고살기 어려웠기 때문이다. 예술가가 배고픈 직업이라는 이야기는 숱하게 들어 봤지만 막상 현실로 닥치고 보니 처음 사진가를 지망했던 때처럼 낭만적일 수만은 없었다. 생활비는 둘째로 치더라도 사진가로서 작품 활동을 계속하려면 카메라 비용, 렌즈 비용, 모델 비용, 출사 여행 비용 등 각종 지출이 결코 만만하지 않았기 때문이다.

　이때만큼은 문학을 하는 친구들이 정말 부럽다. 그들은 노트북에 아래아 한글만 있으면 되니까. 사진, 미술, 영화 같은 시각 예술 쪽은 작품 하나하나가 모두 돈이고, 돈이 있어야 무명 시절을 견뎌 낼 수 있다. 카메라 취미가 자동차 취미, 오디오 취미와 더불어 '남자가 집안 말아먹는 3대 취미' 가운데 하나로 꼽힐 만큼 사진은 제대로 된 장비를 갖추려면 돈이 많이 든다.

한 세대 전까지만 해도 가난한 사진 예술가들이 주로 하는 부업은 사진관이었다. 사진은 기술과 장비를 갖춘 전문가만이 다룰 수 있는 특수 업종이었고 사진을 배운 사람은 부자까지는 아니더라도 그럭저럭 먹고살 만한 수준의 수입은 벌어들일 수 있었다고 한다.

그러나 핸드폰에 달린 디지털카메라가 보급되면서 사진관이 모두 멸종된 지 이미 십 년 넘었다. 이런 이유로 사진가들은 전자공학 하는 놈들을 싫어한다. 핸드폰 팔아먹겠다고 별 이유도 없이 전화기에 카메라를 달아 놓는 바람에 사진관 산업 전체를 전멸시켜 버렸기 때문이다.

요새는 '폰카' 때문에 졸업식장에서 돈 주고 기념사진을 찍지도 않는다. 그나마 살아남은 아이템은 대학교 졸업 앨범 촬영이다. '일 년에 한 달씩 딱 두 번 일하고 나머지는 세월 낚으러 다니면서 작품 활동한다'고 자랑하는 선배도 있지만, 그건 학생회를 상대로 계약을 따낼 만한 연줄이나 영업력이 없는 나 같은 사람에게 언감생심이다. 결혼사진 쪽은 그래도 나름 수입이 괜찮다고 들었지만 스튜디오가 있어야 하고 관련 업체와 계약을 해야 하기 때문에 나처럼 자본 없는 사람이 부업으로 시작하기에는 초기 자본이 너무 많이 든다. 렌즈 살 돈도 없는 내게 그런

큰돈이 있을 리가 있겠나.

그래서 가난한 사진가가 작품 활동비를 벌 수 있는 부업이 뭐가 있을까 여기저기 알아보다가 프로 야구단 프런트 직원으로 일하던 대학 선배를 통해 우연히 사인 도둑질을 시작하게 됐다. 우리 팀을 특별히 좋아하거나 응원하지는 않지만 최소한 모기업이 폰카 달린 스마트폰 만들어 팔아먹는 회사는 아니다. 나와 같은 사진가가 사인을 훔치는 업무에 투입되는 이유는 별것이 아니고 먼 거리에서 포수의 사인을 훔쳐보는 데 필수적인 망원렌즈를 잘 다루기 때문이다.

야구에서는 상대편 포수가 투수에게 보내는 사인이 가장 훔쳐보기 어렵다. 상대편 감독이나 코치들의 사인은 우리 편 더그아웃이나 내야 관중석에서 재주껏 훔쳐볼 수 있지만 포수는 쭈그리고 앉은 채 양다리 사이에서 손가락으로 투수에게 사인을 보내기 때문에 2루에 우리 편 주자가 있지 않은 이상 가까운 거리에서 포수의 사인을 훔쳐볼 마땅한 방법이 없다. 투수와 포수가 사인을 주고받을 때 항상 사인을 보내는 쪽은 포수이고 투수는 고개만 흔들거나 끄덕이는 이유도 바로 이것이다. 투수가 사인을 보내면 여러 각도에서 훔쳐볼 수 있지만, 포수의 사인은 훔쳐보기가 매우 어렵기 때문이다.

시야 각도만 놓고 생각해 보면 포수의 사인을 관찰하기 제일 좋은 곳은 중견수 뒤쪽의 외야 관중석이지만 문제는 외야석에서 포수까지의 거리가 백여 미터에 달하기 때문에 맨눈으로는 포수의 사인이 거의 보이지 않는다는 사실이다.

바로 여기서 렌즈가 등장한다. 초점거리가 길고 F수*가 큰 고배율 망원렌즈 시스템을 사용하면 상대방 포수의 손가락 동작을 바로 코앞에 있는 것처럼 볼 수 있다. 렌즈 다루는 거야 당연히 사진 전문가의 특기 아닌가. 그런 이유로 해서 나와 같은 사인 도둑들, 아니 사진가들이 기자인 척 위장하고 외야에 앉아 망원렌즈로 포수의 사인을 훔쳐 보게 된 것이다. 내가 야구장에서 사용하는 카메라들은 겉보기에 그냥 사진기 같지만 내부에 동영상 전송 장치가 내장되어 있어 상대방 포수의 손가락 동작 하나하나가 실시간으로 우리 팀 분석관에게 전달된다.

내가 이런 일을 하면서 돈을 얼마나 받는지 궁금한 사람들이 있을 것이다. 아까 그랬잖은가. 합법과 불법의 경

---

* 사진기 또는 카메라 같은 광학기기의 초점거리를 동공의 지름으로 나눈 값.

계선 위에 있는 직업이 돈을 잘 번다고. 떼돈을 버는 것은 아니지만 작품 활동비를 대고 생계를 유지하기에는 부족하지 않을 만큼 넉넉한 수입이 들어온다. 작년과 재작년 두 시즌에 걸쳐 나는 구단의 성적 향상에 제법 기여를 했고 이번 시즌에 더 좋은 조건으로 다시 일을 맡게 되면서 할부로나마 전부터 갖고 싶었던 신기종 카메라와 최고급 렌즈들을 구매할 수 있었다. 더불어 시합이 없는 날이나 비시즌에는 새 장비들을 동원해서 작품 활동을 계속해 나갈 수 있으니 이 정도면 삼십 대 젊은 예술가로서 그리 나쁘지 않은 삶이라 생각하며 살고 있다.

겨우내 프로야구에 굶주렸기 때문인지 개막전임에도 그날 양측의 응원전은 장난이 아니었다. 치어리더들은 몇 달 동안 연습한 최신 안무를 선보이며 열심히 응원을 리드했고 관중들은 마치 경기 관람보다 박자에 맞춰 구호를 외치며 스트레스를 해소하기 위해 경기장에 온 것처럼 고래고래 악을 쓰고 있었다. 상대 팀은 내가 싫어하는, 스마트폰에 폰카 달아서 떼돈을 버는 바로 그 전자 회사의 야구팀이었다.

한국프로야구위원회(KBO)는 야구장 내에서 전자 통신

기기 사용을 일체 금지하고 있다. 사실 한국만 그런 것이 아니고 프로야구 리그가 있는 나라들은 거의 마찬가지다. 전기로 지시를 전달할 수 있다면 간편하기도 하고 도청만 당하지 않는다면 상대가 훔쳐볼 위험도 없겠지만 그놈의 전자 기기 사용 금지 규정 때문에 힘들게 손가락 신호나 수신호로 사인을 주고받는 것이다. 뭐, 그 덕분에 나 같은 사인 도둑들이, 아니 참, 예술가들이 먹고살 수 있는 거긴 하지만.

사인 스틸링을 시도 때도 없이 써먹으면 안 된다. 우리가 포수의 사인을 제대로 훔치고 있다는 사실을 상대편이 눈치채면 금방 새로운 사인 체계로 바꿔 버릴 수 있기 때문이다. 방금 전까지는 손가락 두 개가 왼쪽 낮은 슬라이더를 의미했다면 지금부터는 오른쪽 높은 직구를 의미하는 식으로 약속 자체를 변경해 버리는 것이다. 그러면 상대의 사인 체계를 처음부터 다시 분석해야 하고 정작 꼭 필요한 순간에 써먹지 못할 수도 있다. 그래서 사인을 읽는 것은 결정적인 순간에만 이용한다.

우리 편이 사인을 읽고 있다는 사실을 들키지 않았더라도 때로는 상대편이 갑자기 사인 체계를 바꾸는 경우도 있다. 오랫동안 사용된 암호 체계는 상대에게 읽혔을 가능성이 높으므로 그냥 예방 차원에서 새로운 사인 체계를 사용하는 것이다. 이렇게 암호 체계가 자주 바뀐다는 면에서 보면 사인 도둑질은 첩보전과도 닮은 구석이 있다.

4회 말 우리 편의 공격 순서에서 사인 스틸링이 역할을 할 때가 왔다. 1사에 주자는 1루와 3루에 출루해 있었고 타석에는 6번 타자가 자리 잡고 있었다. 0-0의 팽팽한 투수전을 깨 버리고 우리 편이 승기를 잡을 좋은 기회였다. 1루 주자의 단독 스틸, 1루와 3루 주자의 더블 스틸, 번트 작전, 외야 깊숙한 곳으로 날아가는 희생 플라이……. 온갖 종류의 다양한 작전이 가능한 상황이었고 감독의 작전 능력이 가장 빛을 발할 수 있는 기회였다. 잘 되면 단번에 2득점도 가능하고 망하면 병살로 기회를 통째로 날려 버릴 수도 있는 상황이었다. 모 아니면 도다.

이럴 때 상대편 배터리*의 사인을 읽을 수 있으면 감독의 판단에 큰 도움이 된다. 예를 들어 투수와 포수가 주자들의 스틸에 대비해 공을 스트라이크 존 바깥으로 멀리 빼기로 사인을 주고받았다면, 그때 1루 주자가 2루로 단독 스틸하는 것은 자살 행위나 마찬가지다.

* 투수와 포수를 한꺼번에 일컫는 야구 용어.

포수는 열심히 손가락 사인을 보냈고 투수는 포수의 지시에 동의하는지 고개를 끄덕였다. 기본적으로 나의 업무는 영상을 촬영해서 담당 분석관에게 보내는 것까지일 뿐이지만 서당 개 삼 년이면 풍월을 읊는다고 나도 이 일을 하다 보니 그간에 쌓은 경험 덕분에 웬만큼 사인을 읽어 낼 수 있었다. 보아하니 이번에 던질 공은 아마도 바깥쪽 낮은 싱커인 모양이었다. 땅볼을 유도해서 더블플레이를 펼칠 속셈인 것 같았다.

내 예상대로 투수가 던진 공은 낮은 싱커였고, 구질을 예상한 우리 팀 감독은 정석대로 타자에게 강공 대신 번트를 지시했다. 우타자인 6번 타자가 몸 바깥쪽으로 낮게 날아오는 공을 정확히 배트에 맞춘 덕분에 타구는 그림처럼 자로 잰 듯 1루 라인을 따라 느리게 굴러갔고, 싱커로 땅볼을 유도하려 했던 상대방 내야 수비진들은 어정쩡한 속도로 굴러오는 번트 타구에 제대로 대처하지 못했다.

3루 주자는 가볍게 홈인했고 1루 주자는 2루까지 진출해서 여전히 다음 득점을 노릴 수 있는 유리한 위치에 있게 됐다. 타자는 희생 번트로 아웃됐지만 아직 투 아웃이기 때문에 기회는 남아있었다. 나의 사인 스틸링이 또 한 번 제 몫을 해낸 순간이었다.

좋았어, 수당이 오른 만큼은 밥값을 해 줘야지!

내가 싫어하는 전자 회사의 야구팀을 사진 기술로 엿먹였다는 점에서 나는 기분이 더 좋았다.

그로부터 한 시간 반 정도 시간이 지난 후에 경기는 마지막을 향해 달려가고 있었다. 내가 열심히 사인을 훔쳐 전달했음에도 불구하고 양 팀의 경기력은 서로 비슷했고 우리 팀이 3-2로 지고 있는 가운데 9회 말 공격에서 마지막 기회를 잡았다.

투 아웃에 주자 만루, 투 스트라이크 원 볼. 타석에는 우리 팀 최강의 4번 타자. 외야 안타 한 방이면 단숨에 역전승을 거둘 수 있는 좋은 찬스인 동시에 헛스윙이나 범타 하나로 단번에 경기가 끝나 버릴 수도 있는 긴장되는 순간이었다. 아울러 나와 같은 사인 도둑의 능력이 가장 빛을 발하는 상황이기도 했다. 이런 순간에 다음 투구의 코스와 구질을 미리 알 수 있다는 것은 천금의 가치가 있는 정보다.

이번 이닝에 새로 등판한 상대편 마무리 투수는 긴장되는지 함께 교체된 새로운 포수의 사인을 보면서 연신 고개를 흔들면서 사인이 마음에 들지 않는다는 뜻을 나타냈다.

아무리 애써 봐야 소용없단다. 너희들이 주고받는 사인은 모두 내게 훤히 다 읽히고 있으니까.

몇 번 사인을 주고받은 후 배터리의 의견이 일치했는지 투수는 고개를 끄덕이고 와인드업 동작을 시작했다. 내가 렌즈를 통해 읽어 낸 다음 투구는 타자 몸쪽 낮은 스트라이크 직구였다! 아직 볼 카운트에 여유가 있지만 상대편 배터리는 이번 투구에 승부를 걸기로 작정한 모양이었다. 낮고 빠르게 몸쪽으로 던지면 타구는 땅볼이 되기 쉬울 테고 그러면 안타를 얻어맞더라도 주자가 많으니 한 명 정도는 아웃시킬 수 있으리라 기대하는 상식적인 작전이기도 했다.

몸쪽 낮은 직구를 노려야 한다!

어라, 그런데 아까와 달리 이번에는 우리 편 4번 타자가 허무하게 헛스윙을 하는 것으로 싱겁게 경기가 끝나 버렸고 우리 팀은 절호의 기회를 살리지 못한 채로 아쉽게 패하고 말았다. 나의 예상과 달리 마지막 투구는 높게 들어오는 볼이었는데 타자가 터무니없이 배트를 낮게 휘둘러 풀스윙해 버린 것이었다.

사인 스틸링이 이번에는 제대로 역할을 하지 못했다. 배터리가 통째로 바뀌면서 사인 체계도 함께 바뀌었던 것일까? 우리 팀의 개막전 패배가 확정되던 그 순간에 '저 선수는 4번 타자답지 못하게 선구안이 엉망'이라는 라디오 해설자의 설명이 내 이어폰에서 흘러나오고 있었다.

경기 다음 날 만난 선배는 내게 굉장히 미안한 표정을 지어 보였다. 그러면서 더 이상 나를 고용하지 않을 것이라는 구단의 결정을 통보해 왔다. 나로서는 전혀 예상하지 못했던 일이었다. 상대방이 사인 체계를 갑자기 바꾸거나 담당자가 분석을 실수해서 투구 예측이 빗나가는 일은 전에도 종종 있었다. 어제 개막전이 나름 중요한 경기이기는 했지만 앞으로 남은 시즌이 창창한데 사인 한 번 잘못 훔쳤다고 나를 해고하다니 납득할 수 없었다. 그래서 혹시 나 말고 다른 사인 도둑을 고용하려 하는 것인지 선배에게 물어보았다.

"그건 아니고 이제는 너처럼 외야에서 망원렌즈로 포수의 사인을 훔쳐보는 일이 무의미해졌기 때문이야. 너 혹시 양자 얽힘이라고 들어본 적 있니?"

나 같은 예술 전공자가 그런 최신 기술을 알 리 없지 않은가.

"양자역학에서 스핀이 업과 다운인 전자쌍을 만든 다

음에 그 둘을 멀리 떨어뜨려 놓고 한쪽에 자기장을 걸어 스핀 방향을 바꾸면 다른 쪽은 그에 따라 저절로 스핀 방향이 바뀐대. 그러면 스핀 업을 1, 스핀 다운을 0으로 지정하는 방식으로 통신이 가능하다더군. 이 방식을 쓰면 도청당할 위험이 전혀 없어서 요즘 국방 기술 같은 데 많이 응용된다고 하더라.”

들어도 무슨 소리인지 하나도 모르겠다.

“그런데 샛별 전자에서 양자 얽힘의 원리를 사람의 뇌에 적용해 두 사람의 머리를 양자 얽힘 상태로 만드는 방법을 개발했대. 전자가 아니고 뇌 속의 신경 세포인 뉴런의 흥분 상태를 서로 얽히게 만든다고 하더라. 이렇게 만들면 마치 SF에 나오는 텔레파시 초능력처럼 한 사람의 머릿속에 떠오른 생각을 다른 사람이 자동으로 읽을 수 있다는 거야. 그 대신에 뉴런을 이용한 양자 얽힘은 전자 쌍의 양자 얽힘만큼은 강력하지 않아서 몇 시간 정도 지나가면 얽힘이 풀어지는 한계가 있대.”

여전히 무슨 소리인지 이해가 가지 않았다.

“어제 상대 팀이 이걸 야구에 응용한 거지. 경기에서 마지막 이닝 시작하기 직전에 상대방 배터리가 함께 교체되었던 거 기억하지? 사실은 그 투수와 포수는 교체 직전에 함께 뇌를 뉴런 얽힘 상태로 만들어 서로 텔레파시가 통하는 상태에서 교체되었던 거지. 손가락으로 전달했던 사인은 그냥 페이크였고 진짜 사인은 그냥 머릿속에서 생각하는 것만으로 주고받았나 봐. 사인을 도둑맞을 위험이 전혀 없는 방법이지."

"그거 규정 위반 아니에요? 야구장 내에서 전자 통신 기기는 사용하지 못하게 되어 있잖아요."

알고 있던 지식으로 따져 봤지만 선배는 고개를 내저었다.

"그게 말이야, 상대방 구단이 예상 밖의 주장으로 KBO를 납득시켰다나 봐. 전자적인 방식이 아니고 양자적인 방식을 이용한 것이고, 그나마 사인을 주고받을 때 통신 기기를 이용하는 것도 아니라서 규정에 저촉되지 않는다는 식으로 말이야. 위원회는 인정했어. 그래서 이제부터는 모든 구단이 이 방식으로 투수와 포수 사이에 사인을 주고받게 될 테니 광학 망원경을 이용하는 사인 훔치기는 앞으로 더 이상 먹히지 않을 것 같아. 너한테는 정말 미안하게 됐다."

씁쓸했지만 잘렸다는 통보를 받고 나니 한편으로는 차라리 잘 됐다는 생각도 들었다. 치사하고, 비겁하고, 은밀하고, 합법과 불법의 경계선에 있는, 애초부터 고결한 예술가에게 어울리지 않는 부업이었기 때문이었다. 이제 그만둘 때도 되긴 했지.

한 가지 약 오르는 점은 또다시 사진가의 일거리를 전자공학 하는 놈들에게 빼앗겼다는 사실이었고, 다른 한편으로 걱정스러운 점은 이번 시즌 예상 수입만 믿고 할부로 구매해 버린 저 고급 렌즈와 최신형 카메라들의 카드 값은 어찌해야 할지 고민이라는 것이었다.

이제 다른 부업을 찾아봐야 하나. 머리가 아파 오기 시작했다.

## 양자물리학과 렌즈 광학

**❶ 양자 얽힘**

블랙홀과 더불어 최근 과학 교양서에서 가장 많이 다루어지는 주제는 아마 양자물리학일 것입니다. 사실「마호메트의 관」에서 소재로 사용된 초전도체도 양자물리학으로 연구되는 특이한 양자물질 가운데 하나입니다. 근래에 출판된 과학 교양서 중에는 양자 현상의 기묘하고 신비한 특징들을 독자들이 복잡한 수식 없이 최대한 쉽게 이해할 수 있도록 친절히 설명해 놓은 좋은 책들이 꽤 많이 있습니다.

교양서들과 더불어, 영화 〈양자물리학〉이나 〈테넷〉 등이 연달아 개봉하면서 〈인터스텔라〉 덕분에 촉발된 블랙홀에 대한 관심 못지않게 양자물리학에 대한 관심도 함께 높아지고 있는 것 같습니다. 하지만 저는 양자물리학을 공부한 물리학자로서 양자물리학을 소재로 삼는 영화들이 너무 피상적으로 또는 수박 겉핥기식으로 양자물리학을 표현하는 것 같아 조금 안타까웠습니다.

양자물리학에 대한 전반적인 설명은 다른 과학 교양서에 맡겨 놓기로 하고, 이 글에서는 「예술가에게 어울리지 않는 부업」의 소재로 활용된 양자 얽힘 현상에 관해 집중하도록 하겠습니다.

전자가 마이너스 전기*를 띠고 있는 기본 입자라는 사실은 중학교 과학 시간에 한 번쯤 배우신 적이 있을 것입니다. 그런데 전자는 전하에 더해서 스핀이라는 성질도 함께 가지고 있습니다.

전자의 스핀은 전자가 지구처럼 자전하기 때문에 생긴다고 이해하시면 가장 쉽습니다. 지구가 매일 한 바퀴씩 자전하고 있는 것은 다들 알고 계실 것입니다. 그래서 낮과 밤이 생기지요.

지구와 마찬가지로 전자도 빙글빙글 돌면서 자전합니다. 그리고 회전(자전)하는 전자는 마치 자석과 같은 성질을 나타내게 됩니다. 전자가 자전하는 방향에 따라 전자

---

* 정확한 용어는 전하(電荷, electric charge).

의 위쪽이 자석의 N극 방향이 되기도 하고, 자전 방향이 뒤집어지면 반대로 전자의 위쪽이 S극 방향이 되기도 합니다. 앞의 경우를 업 스핀이라 하고 뒤집어진 반대의 경우를 다운 스핀이라고 합니다. 자석이기 때문에 자기장을 걸어 주면 업 스핀을 다운 스핀으로, 또는 그 반대로 뒤집을 수도 있습니다.

양자물리학의 한 가지 재미있는 결과는 전자 두 개가 함께 있을 경우 업 스핀과 다운 스핀이 각각 한 개씩으로 쌍을 이루려 한다는 사실입니다. 업 스핀 두 개나 다운 스핀 두 개만 있는 것은 매우 꺼려 하지만, 업 스핀 전자가 한 개 있고 다운 스핀 전자가 한 개 있어서 업과 다운이 서로 보완하며 하나의 쌍을 이루면 전자들은 행복해하면서 그 상태를 계속 유지하려 든다는 이야기입니다.

이렇게 두 개의 전자로 이루어진 전자쌍이 서로 반대 방향의 스핀을 가지는 현상은 원래 같은 원자 궤도 내에 전자 두 개가 있거나 같은 물질 덩어리 내에 있으면서 두 개의 전자가 가까운 거리에서 상호작용할 때만 일어나는 일이라 여겨졌고, 전자들을 서로 멀리 떼어 놓으면 각자 알아서 따로따로 놀기 시작하여 서로 상관없이 둘 다 업 스핀이 되거나 둘 다 다운 스핀이 될 수도 있다고 생각되어 왔습니다.

그런데 지난 수십 년간 양자물리학 연구가 진행되면서 놀라운 실험 결과들이 속속 보고됩니다. 처음에 한쪽은 업 스핀, 다른 쪽은 다운 스핀으로 안정된 전자 두 개의 쌍은 아무리 멀리 떨어뜨려 놓아도 계속해서 한쪽은 업 스핀, 다른 쪽은 다운 스핀을 유지한다는 것이었습니다. 어려운 말로 표현하면 '양자물리학적으로 두 개의 전자가 얽혀 있다'라고 합니다. 거리가 굉장히 멀리 떨어져 있어도 말입니다. 이것이 양자 얽힘 현상입니다.

양자 얽힘은 전자공학자들, 특히 통신공학자들의 큰 관심을 받고 있습니다. 양자 얽힘 현상을 이용하여 새로운 방식의 장거리 통신을 할 수 있기 때문이지요. 아주 간단히 설명하면 이런 식입니다.

처음에 전자 두 개를 각각 업 스핀과 다운 스핀으로 하나의 전자쌍을 이루도록 만든 다음에 서로 멀리 떨어뜨려 놓습니다. 그리고 한쪽 전자에 자기장을 걸어서 스핀의 방향을 반대로 뒤집습니다. 그러면 신기하게도 다른 쪽 전자는 자기장을 걸지 않아도 저절로 스핀의 방향이 뒤집어져서, 멀리 떨어져 있음에도 전자쌍 전체로는 '업 스핀 전자 한 개+다운 스핀 전자 한 개'라는 상태를 계속 유지하게 됩니다.

오늘날의 전자 통신은 대부분 디지털 방식으로 이루어진다는 사실을 다들 알고 계실 것입니다. 숫자 0과 1의 조합이지요. 예를 들어 전자가 업 스핀일 때를 1, 다운 스핀일 때를 0이라고 정해 두고 양자물리학적으로 얽혀 있는 두 개의 전자를 이용하면 먼 거리에서도 디지털 통신을 할 수 있는 것입니다. 자기장을 이용하여 한쪽 전자의 스핀을 업, 다운, 다운, 업 하는 식으로 변화시켜 주면 먼 거리에 있는 다른 쪽 전자도 그에 따라 스핀이 다운, 업, 업, 다운 하는 식으로 바뀔 것이고 이걸 0과 1의 디지털 신호로 읽어 내면 통신이 가능해집니다.

이런 양자 얽힘을 이용한 통신 시스템의 가장 큰 장점은 통신 과정에서 두 개의 전자가 무언가를 주고받는 과정이 전혀 없다는 사실입니다. 가장 널리 쓰이는 전자 통신의 경우 전선이나 전파를 통해서 신호를 주고받아야 하기 때문에 전선이 끊어지거나 전파장애가 생기면 통신이 안 될 수도 있고, 도중에 누군가가 전기 신호나 전파를 가로채어 도청할 수도 있습니다. 그에 반해 양자 얽힘을 이용한 통신법은 중간에 통신을 전달하는 매개체가 아예 없기 때문에(그저 전자쌍이 얽힘을 유지하고 있기만 하면 됩니다)

두 개의 전자가 전선이나 전파로 직접 연결되지 않아도 얼마든지 통신이 가능하며 중간에 도청할 수도 없습니다.

간혹 양자 얽힘을 이용한 통신이 광속보다 빠르기 때문에 빛보다 빠른 속도는 없다는 상대성이론의 원리를 위배한다는 오해가 나오기도 합니다만, 그런 이야기는 잘못 알려진 것입니다. 아무리 양자 얽힘 통신이라 하더라도 빛의 속도보다 빨리 전달되지는 않습니다.

양자 얽힘에 대하여 더 알고 싶으신 분들께는 『얽힘』*을 권하고 싶습니다.

양자 얽힘을 이용한 통신은 이미 조금씩 실용화되고 있습니다. 이미 수년 전에 중국의 우주개발 기구인 중국국가항천국은 묵자**라는 이름의 통신위성을 발사하여 우주적인 규모로 양자 얽힘을 이용한 장거리 통신이 가능함을 보였던 바 있습니다.

여기에서 더 나아가 양자 얽힘을 이용한 텔레파시가 가능할 수도 있습니다. 이 상상은 저뿐만 아니라 일부 과학자들 사이에서 조심스럽게 가능성이 검토되고 있는 상

---

* 아미르 D 액젤, 김형도 옮김, 『얽힘』, 지식의풍경, 2007.
** 공자, 노자, 한비자처럼 춘추전국시대에 제자백가의 하나로 유명한 묵자(墨子, BC 470?~391?)의 이름을 따서 명명된 중국의 양자 얽힘 통신위성의 이름.

황입니다. 멀리 떨어진 두 사람이 다른 통신수단의 힘을 빌리지 않고 서로 생각을 주고받을 수 있는 초능력인 텔레파시는 지금까지 터무니없는 공상으로 여겨지거나 기껏해야 심리학적인 설명이 시도되는 정도였습니다. 그런데 만약 어떤 이유로 양자 얽힘의 전자쌍처럼 두 사람의 뇌가 서로 양자물리학적으로 얽혀있다면? 그렇다면 정말로 두 사람은 텔레파시로 서로의 생각을 주고받을 수 있을 것입니다. 때때로 쌍둥이처럼 태생적으로 밀접하게 연결된 두 사람이 멀리 떨어져 있어도 상대의 생각이나 기분을 어렴풋하게나마 느낄 수 있다는, 지금까지 기존의 과학으로는 설명되지 않았던 신기한 현상이 양자물리학으로 이해되는 날이 올지도 모르겠습니다.

텔레파시의 과학적 원리에 대해서는 최근 출판된 SF 장편소설 『모두 고양이를 봤다』*에 재미있는 설명이 있으니 함께 읽어 보시면 좋을 듯합니다.


**❷ 렌즈와 광학 기술**

「예술가에게 어울리지 않는 부업」을 읽으시다 보면 주

---

* 전윤호, 『모두 고양이를 봤다』, 그래비티북스, 2020.

인공이 사용하는 고성능 카메라나 렌즈에 대한 궁금증을 느끼실 수도 있으리라 짐작합니다. 제가 지금 재직하는 대학교에서 담당하고 있는 과목들 가운데 하나가 바로 '렌즈의 광학'이기 때문에 그에 대한 소개를 간단히 해 보고 싶습니다.

우리가 유리창에 쓰는 평평한 유리판을 통해 세상을 보면 기본적으로 맨눈으로 보는 것과 똑같이 보입니다. 렌즈는 이런 유리판의 앞면과 뒷면을 둥글게 갈아 내어 빛을 굴절시키도록 만든 광학 장치입니다. 이렇게 유리판의 앞뒷면을 갈아 내서 볼록하게 또는 오목하게 만든 렌즈를 만들면, 그를 통해 보이는 세상의 모습은 평평한 유리판(유리창)을 통해 보는 모습과는 매우 다릅니다(현실적으로 요즘에는 렌즈의 재료로 유리보다 투명 플라스틱이 더 많이 쓰입니다).

가장 눈에 띄는 차이는 평면 유리를 통해 볼 때나 맨눈으로 볼 때와 비교해서 렌즈를 볼록하게 갈아 냈을 때 물체가 크고 가까워 보이거나, 렌즈를 오목하게 갈아 냈을 때 작고 멀어 보인다는 점입니다. 렌즈의 이런 성질을 이용해서 안경 렌즈를 만들어 먼 곳이 잘 안 보이는 사람(근시)의 시력을 교정해 주기도 하고, 카메라 렌즈를 만들어 사진이나 동영상을 찍을 때 눈에 보이는 것보다 확대된 영상을 보여주기도 합니다.

똑같은 카메라라도 그 앞에 어떤 렌즈를 장착시키느냐에 따라 필름에 촬영되는 사진이나 동영상이 달라집니다. 「예술가에게 맞지 않는 부업」에 나오는 것처럼 먼 곳의 작은 물체를 아주 크게 확대해 마치 눈앞에 있는 것처럼 화면에 꽉 차게 보여주는 망원렌즈도 있고, 카메라에서 빛이 들어오는 구멍은 작고 좁음에도 불구하고 사진이나 동영상으로 촬영되는 경치는 사람 눈보다 더 넓고 시원하게 보이도록 시야를 넓혀 주는 광각렌즈도 있습니다.

렌즈에는 이렇게 다양한 종류가 있기 때문에 용도에 맞는 특성을 가진 렌즈를 촬영에 사용해야 합니다. 군대의 저격수는 멀리 숨어서 상대방의 머리나 몸통을 크게 확대하여 관찰하며 조준해야 하므로 당연히 고성능 망원렌즈가 저격용 총의 스코프에 장착되어야 하고, 경치 좋은 곳에 구경 갔을 때 멋진 풍경을 배경 삼아 셀피를 찍으려는 관광객의 카메라에는 당연히 넓은 시야로 사진을 찍을 수 있는 광각렌즈가 적당할 것입니다. 전문 사진가들이 카메라 가방 외에 렌즈만 담은 가방을 따로 준비하고 필요에 따라 계속 다양한 렌즈를 바꿔 가며 장착하는 이유도 각각의 상황에 맞는 렌즈가 다르기 때문입니다.

망원렌즈가 되느냐 광학렌즈가 되느냐, 또 같은 특성의 렌즈라도 어느 쪽이 더 깨끗하고 선명한 사진이나 동영상이 찍히는 고성능 렌즈인가 하는 문제는 렌즈의 볼록하고 오목한 정도를 얼마나 강하게 하느냐와 렌즈를 얼마나 정교하게 잘 깎아 내느냐에 따라 결정됩니다. 이렇게 렌즈의 용도와 성능을 결정하는 렌즈의 모양을 '형상'이라고 합니다.

저와 같은 렌즈 광학 연구자에게는 슬프게도, 렌즈의 특성과 성능은 렌즈의 형상에 따라 달라지기 때문에 렌즈는 작게 만들기가 굉장히 어렵습니다. 특정 용도와 성능에 맞추어 제작된 렌즈를 그 모양 비율 그대로 축소하면 원래 렌즈의 특성과 성능이 사라지거나 나빠지게 되는 것입니다. 반드시 그런 것은 아니지만 대체로 렌즈가 크고 렌즈를 여러 장 사용할수록 성능이 우수해집니다. 전문 사진가들이 큼직한 렌즈들을 카메라에 장착시켜 사진을 찍는 이유도 그 때문이고, 밤하늘의 별을 관측하는 천문학자들이 조금이라도 더 큰 대형 천체망원경의 제작을 추구하는 이유도 그 때문이며, 고급 카메라일수록 렌즈 부위가 크고 길고 무거운 이유도 그 때문입니다.

그래서 십여 년 전에 스마트폰이 등장하고 그 크기가 점점 작아지며 가벼워지자 카메라(렌즈)의 소형화에 대한 요구가 강력하게 대두되었던 일은 렌즈 광학 연구자들에게 굉장히 어려운 도전이었습니다. 렌즈의 형상을 작게 만들고 렌즈의 매수를 줄이면서 성능과 용도는 오히려 더 좋게 향상하라는 요구는 마치 비행기를 더 작고 가볍게 만들면서 탑승하는 승객 수는 더 늘리라는 것과 마찬가지였으니까요. 저는 스마트폰이 본격적으로 도입되던 2010년 무렵부터 렌즈 설계 엔지니어에 대한 인력 수요가 급증했던 일을 기억하고 있습니다. 역사에 '도전과 응전(아널드 토인비라는 영국 역사학자의 유명한 명언)'이 있듯이 과학기술에도 도전과 응전이 있습니다.

다행히 광학 엔지니어들은 어려운 요구에 잘 대처해 왔고 그 결과가 여러분께서 보시는 각종 스마트폰의 훌륭한 카메라들입니다(그리고 폰카가 너무 좋아지는 바람에 전통적인 카메라 회사들은 망할 지경이 되어 버렸지요. 이 소설의 주인공처럼 말입니다).

하지만 어느 정도 한계가 있었다는 점도 함께 언급해야 하겠습니다. 2014년 애플 아이폰 6부터 스마트폰 뒷면에 카메라 렌즈가 튀어나온 소위 '카툭튀' 디자인이 도입

되었습니다. 스마트폰의 두께는 계속 얇아지는데 카메라의 광학 설계는 그걸 따라가지 못했고 결국 카메라 부분만 뒷면에 혼자 튀어나온 보기 흉한 모습을 보이게 되었던 것입니다. 광학렌즈 시스템을 작게 소형화하는 일이 얼마나 어려운 일인지 알려 주는 좋은 예라고 할 수 있겠습니다.

# 구름,
# 저
# 하늘
# 위에

—

**SF에 등장하는 상식 밖의 생명체**

2020년 5월 30일

조용하던 한국 기상학회의 발표 장소는 갑자기 소란해졌다. 방금 마친 발표의 내용이 너무 파격적인 내용이었기 때문이다. 발표 세션의 좌장은 납득하기 어렵다는 뉘앙스로 발표자에게 직접 질문을 던졌다.

"그러니까…… 강 교수님께서는 지금 구름도 생명체라는 말씀을 하고 계신 겁니까?"

발표자인 강철환 교수는 고개를 끄덕이며 대답했다.

"네. 하늘의 구름이 생성되고, 합쳐져서 성장하고, 시간이 지나면 다시 소멸하는 과정이 생명 게임에서 생명의 일생과 동일하고, 그에 더해서 수많은 구름이 하나의 독립적인 생태계를 이루고 있다는 것이 제 발표의 요지입니다."

좌장은 여전히 납득되지 않는다는 표정으로 당혹스러워하고 있었고, 청중으로 앉아 있던 기상학자들 수십 명이 한꺼번에 손을 들어 올리며 반론할 기회를 요청하고 있었다.

2082년 11월 17일

세계언어학회의 발표 장소는 쥐 죽은 듯이 조용했다. 지금 결론을 향해 가고 있는 발표가 매우 충격적인 것이었기 때문이다. 오랫동안 불가능할 것이라고 여겨졌던 일이 가능하다는 놀라운 주장이었다. 발표자 유진철 박사는 영어로 이렇게 자신의 발표를 요약하고 있었다.

"그래서 저희 연구진은 지금까지 불가능하다고 여겨졌던 구름 생태계와의 의사소통에 성공했다고 결론을 내릴 수 있겠습니다. 이 시도에는 앞서 말씀드렸던 대로 논리학, 언어학, 기상학, 레이저광학, 암호학 등 다양한 분야의 이론들이 적용되었으며……."

2082년 12월 22일

대통령은 방 안에 펼쳐져 있는 복잡한 기구들을 전혀 이해할 수 없었다. 구름이 지금까지 알려진 것들과 전혀 다른 종류의 생명체라는 학설은 교양 과학 수업에서 접했던 적이 있지만, 구름과 인간 사이의 의사소통이 가능하다는 이야기는 도무지 이해가 안 되는 것이었다.

그렇지만 언어학 연구소의 연구진은 그런 의사소통이 가능하다고 주장하며 대통령인 자신 앞에서 실제로 구름과의 의사소통을 시연해 보이겠다고 제안했고, 청와대 홍보 부서는 '과학한국의 위상을 제고하기 위하여' 시연 행사에 대통령이 참석할 것을 권유했기에, 수많은 보도진을 앞에 두고 연구진과 더불어 여기에 서게 되었다.

연구진의 리더인 유진철 박사라는 사람이 대통령에게 말을 건넸다.

"각하, 이제 구름과 의사소통을 할 수 있습니다. 무언가 구름에게 질문을 해 보시는 것이 어떨까 합니다."

역사학을 전공한 대통령은 갑자기 즉흥적인 질문이 떠올랐다.

"구름, 당신들은 오랫동안 지상의 생태계를 내려다보고 있었을 텐데, 어째서 그동안 한 번도 인간의 역사에 관여한 적이 없나요?"

유진철 박사도, 주변의 연구원들도, 취재에 여념이 없던 보도진들도 모두 예상 밖의 질문에 놀라면서 구름의 반응이 무엇일지 또한 궁금해하기 시작했다. 구름의 반응을 인간의 언어로 바꾸어 주는 시스템이 복잡하게 작동한 후에 번역된 반응이 나왔다. 몇몇 사람들은 구름이 낮게 한숨을 쉬는 듯한 잡음을 들었다고 느끼기도 했다.

"어째서 우리 구름이 인간의 역사에 관여했던 적이 없다고 생각하시나요?"

질문만큼이나 예상 밖의 응답에 당황한 것은 대통령만이 아니었다.


### 기원전 13세기의 어느 평범한 날

그 작은 구름은 낮은 고도에서 형성됐을 때부터 장난기가 넘쳐흘렀다. 동물이나 물건 같은 모양으로 변화해서 땅 위의 생물들을 당황하게 만들기도 했었고, 갑자기 변덕을 부려 주변은 모두 화창한데 자신이 떠 있는 곳에만 소나기가 내리도록 만들고서는 당황해 하는 동물과 인간을 내려다보며 재밌어하기도 했었다.

바람 따라 흘러가던 장난꾸러기 구름은 재미있을 법한 일을 찾았다. 장인에게 얹혀사는 나이 많은 양치기를 놀려 먹기로 마음먹은 것이다. 장인에게 인사를 드리고 천천히 양 떼를 몰고 나아가는 늙은 양치기를 따라서 구름은 느릿한 속도로 계속 흘러갔다.

시간이 지나 구름과 양 떼와 양치기가 어느 높은 산자락에 도달했을 때, 건조한 날씨 때문인지 떨기나무에 불이 저절로 발화되어 버렸다. 뜨거운 불에 타 버릴 나무가 불쌍해진 구름은 고도를 조금 낮추고 때마침 잔뜩 머금고 있던 습기로 떨기나무를 뒤덮어 불이 나무 전체로 번지지 않도록 도와주었다.

처음에 불이 붙는 것을 보고 뒤로 물러났던 양치기는 건조한 떨기나무가 활활 타 버리지 않고 남아있는 것이 신기했는지 다시 나무 쪽으로 가까이 다가왔다. 그 순간 장난꾸러기 구름에게 늙은 양치기를 재미있게 놀려 먹을 방법이 떠올랐다.

아직 다 꺼지지 않은 불꽃 위에서 장난꾸러기 구름은 사람의 형상을 짓기 시작했고, 아까 장인이 늙은 양치기를 부를 때 났던 것과 비슷한 소리가 나도록 공기를 밀어냈다.

호기심에 가득 찬 늙은 양치기는 아직 꺼지지 않은 떨기나무 속의 불꽃에 이끌려 다가왔다가, 그 위에 사람의 형상을 하고 있는 수증기 덩어리가 나타나는 놀라운 광경을 보게 되었다. 더더욱 놀라운 일은 그로부터 자신의 이름을 부르는 것 같은 소리가 웅웅거리며 들리는 것이었다.

"모세야, 모세야"

이집트 왕궁에 살던 시절부터 그토록 오랫동안 애타게 기다리던 신의 부름이 드디어 자신에게 도달했다고 생각하며, 양치기는 이렇게 대답했다.

"제가 여기 있나이다!"

**SF에 등장하는 상식 밖의 생명체**

**❶ 라이프 게임**

라이프 게임 또는 생명 게임이라고 불리는 전자오락이
있습니다. 지난 2020년에 코로나바이러스에 감염되어 사
망한 영국 출신의 세계적 수학자 존 콘웨이가 고안한 게
임입니다.

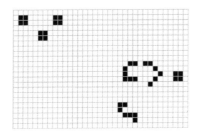

컴퓨터 화면 같은 평면 위에 바둑판 같은 사각형 격자
를 그리고 사각형 하나하나를 세포라고 지칭합니다. 각각

의 세포는 그 주변이 여덟 개의 다른 세포들로 둘러싸여 있고 미리 정해진 규칙에 따라 색깔이 나타나거나 없어지거나 합니다.

존 콘웨이가 처음 제시한 규칙 가운데 한 예를 들면, 색깔이 있는 세포는 주변을 둘러싼 여덟 개의 세포 가운데 두 개나 세 개가 색깔이 있을 경우 다음 단계에서도 색깔이 있는 채로 남아 있고, 0~1개나 4~8개가 색깔이 있으면 다음 단계에서 색깔이 없어지게 됩니다. 이런 식의 규칙을 아주 다양하게 적용할 수 있습니다.

그리고 처음에 시작하는 무늬 또는 모양은 게임 플레이어가 지정해 줍니다. 처음에 지정하는 무늬들은 종류가 매우 많고 그 모양에 따라 재미있는 이름들이 붙어 있습니다. 보트, 글라이더, 도토리, 두꺼비…… 심지어는 과거의 유명 액션 영화 제목을 따 온 '다이하드'까지 있답니다. 이렇게 처음 시작할 때 바둑판 모양의 사각형 격자에 적당한 무늬를 그려 놓고 시작하면 그다음부터는 미리 정해진 규칙에 따라 각 세포가 색깔을 나타냈다 없어졌다 하는 일이 계속 이어지게 되는 것입니다.

이 단순한 게임이 생명 게임이라고 불리는 이유는 규칙에 따라 계속 변화하는 바둑판 위의 그림 모양이 마치 살아있는 생물체처럼 보이기 때문입니다. 생명 게임의 무늬들은 사각형 바둑판 화면 위에서 태어나 움직이기도 하고 다른 무늬를 낳기도 하고 수명이 다해 소멸하기도 합니다. 대표적으로 '가스퍼의 글라이더건'이라는 이름의 라이프 게임은, 어떻게 보면 마치 새들이 줄을 지어 날아가는 것처럼 보이기도 하고 또 어떻게 보면 총알들이 연속으로 발사되는 것처럼 보이기도 합니다. 관심 있으신 분들은 인터넷에서 라이프 게임, 생명 게임 또는 'Game of Life'를 검색해 보시면 생명 게임의 움직이는 무늬들을 다양하게 보실 수 있으며 이 무늬들이 생명과 유사하다는 주장을 이해하실 수 있을 것입니다.

이런 움직이는 무늬 또는 모양들이 과연 정말로 생명일까요? 생물학에서 말하는 생명과는 분명히 다릅니다. 그렇지만 수준 높고 복잡한 라이프 게임에서 무늬 또는 모양들이 태어나고 성장하고 번식하고 움직이고 소멸하는 모습을 보고 있노라면, 생체 물질로 이루어진 생물체만 생명인 것이 아닐지도 모른다는 생각이 저절로 떠오르게 됩니다. 그래서 어떤 과학자들은 우리가 생각하는 일반적인 생명체만이 아니라 생성되고 성장하고 이동하고 번식하고 수명이 다하면 소멸하는 모든 시스템을 생명이라고 간주하기도 합니다.

　「구름, 저 하늘 위에」는 이런 사고방식을 하늘에 떠 있는 구름에 적용해 본 SF 소설입니다. 구름도 라이프 게임의 무늬들처럼, 대기 중에 떠 있는 작은 물방울들이 모여서 생성되고 시간이 지남에 따라 더 큰 구름으로 성장하기도 하고 작은 구름이 떨어져 나오기도 하고 바람에 따라 이동하기도 하며 끝에는 흩어지거나 빗방울이 되어 소멸해 버립니다. 라이프 게임의 무늬들과 마찬가지 아닐까요. 그래서 구름을 넓은 의미의 생명이라 가정하고 상상력을 전개해 보았던 것입니다.

　이렇게 기존의 개념과는 전혀 다른 생명체를 상상하는 작업을 제가 처음 수행한 것은 아니고, SF 소설의 세계에서는 상당히 오래된 전통입니다. 아서 C 클라크나 폴 언스트 같은 SF 작가들이 밀도가 극도로 높은 지하 세계(암석층)를 자유자재로 헤치고 다니는 미지의 생명체를 상상하거나 성층권의 오로라가 생명체라는 가정을 바탕으로 해서 뛰어난 걸작 SF를 여러 편 남겼습니다. 「구름, 저 하늘 위에」는 단순히 기발한 상상의 결과가 아니라 그러한 SF의 전통 위에 서 있는 작품이라고 자부합니다.

# 사이언스 키드의 생애

[ SNU ] in KIDS

글 쓴 이(By): landau ()

날 짜(Date): 1994년08월10일(수) 02시10분16초 KDT

제 목(Title): 사이언스 키드의 생애.

할리우드 키드의 생애라는 영화가 있단다. 어려서부터 할리우드 영화에 미친 주인공이 영화에 일생을 바치고 현실과 영화를 구분하지 못하다가 비극적인 생을 마감한다는 내용이란다. 원전은 소설이라고 들었다.

내가 국민학교를 다닐 때 80년대는 그야말로 꿈의 시대로 믿어져 왔다(난 75년에 국민학교를 입학해서 80년에 졸업했다). 유신시대 말엽이던 당시 국가는 80년대가 되면 모든 것이 장밋빛으로 바뀐다고 교과서에 써 놓고 선전을 해

댔으며 그 '환상'을 뒷받침하는 것은 '산업화'라는 낱말이었다.

그 환상은 지금 90년대에는 '암울했다'라는 상투적이기 그지없는 단어로 표현되는 80년대가 도래하면서 산산조각이 나 버렸고 장밋빛 인생이 보장되는 꿈의 시대는 순식간에 2000년대로 넘어가 버리고 말았다. 그리고 지금도 사람들에게는 2000년이 무언가 기대할 만한 시대로 인식되고 있기도 하다.

뭐…… 어떤 정부든 국민들에게 미래의 비전을 제시해야 하는 것이니 그 자체가 문제가 될 수는 없다. 문제는…… '꿈의 2000 년대'를 약속할 만한 근거랄까 뒷받침이 되는 것이 '과학기술'로 선정되었다는 사실이다.

여기 학생운동이 온 세계를 휩쓸던 68년에 태어난 한 아이가 있다. 할아버지는 그 아이가 나중에 법관이 되기를 바라는 이름을 지어 주셨지만 이미 소년의 사춘기는 온통 "과학기술"의 환상 속에 도배가 되고 있었다. 그가 초등학교에 입학할 무렵 이 나라에서는 가장 먼저 세워졌다는 어느 과학기술 연구소에서는 비록 대부분 남이 기술을 베낀 것일망정 전에는 상상도 할 수 없는 기술적 산물들을 쏟아 내고 있었다. 미국에서 모모 공학을 전공한 아무개가 이사 대우에 아파트와 집까지 얻어서 약관 삼십 대에 금의환향했다는 입지전이 도처에 출몰했다. 90년대에 엄청난 베스트셀러로 부활할 이휘소 박사의 신화는 이미 그 싹을 드러내고 있었고, 수십 년래의 부동의 인기 직업이던 판검사와 의사에 대적할 만한 반열에 과학 기술자의 이름이 오르게 된다.

소년의 어린 시절에는 위인전의 목록에 이순신이나 세종대왕 못지않게 아인슈타인이나 퀴리 부인의 이름이 중요시된다. 이런 책들을 읽고 자란 세대는 과학자의 삶이 숭고하고 정열적이고 인류를 구원하는 일임과 동시에 명예와 존경을 얻을 수 있는 것이라는 환상에 빠지게 된다. 이십 년 뒤에 피곤한 몸을 이끌고 몇 푼짜리 프로젝트를 따기 위해 공해 물질을 양산하는 회사의 이윤 추구에 몸 바치게 되리 라는 것은 상상도 하지 못하면서.

공대에서 1등한 놈은 자전거 회사에 취직하고 그나마도 안 된 놈은 할 수 없이 대학원이란 곳에 도피했던 50년대를 기억하는 부모 세대는 처음에는 주저하지만 곧 엄청난 첨단기술의 쇼와 당시로는 엄청난 특혜였던 군역면제를 받으며 배출된 귀때기가 새파란 20대 박사(!)님들을 TV에서 보면서 오히려 적극적으로 자식을 이공계통으로 밀어 넣는다. 그들이 기대하는 것은 명예, 안정된 수입, 우아한(?) 생활 그리고 지적 허영이다. 적어도 당시의 '과학기술' 엘리트는 그런 것들을 모두 가진 존재로 비쳤다.

중등학교에 진학하면서 사이언스 키드는 더욱더 과학이 주는 환상에 빠져든다. 그것이 상당 부분은 사회적 필요에 따라 조작되어 있다는 것을 모르고서 말이다. 할리우드 키드에게 영화는 '꿈의 공장'이듯이 사이언스 키드에게 '과학'은(대부분 기술과 혼동된 것이지만) 요술 지팡이였다. 학교에서는 툭 하면 기술 입국을 부르짖었고 과학경진대회니 수학경시대회니 하는 것은 점점 장려되고 있었다.

고등학교에서 이과를 택하는 것은 성적 좋은 학생에게 당연한 것이었고 문과를 가는 사람은 수학에 적응하지 못하는 둔재거나 사이언스 키드가 빠져 있는 환상에서 헤어난 정말로 머리 좋은 사람들의 몫이었다.

과학고등학교가 생기고 연이어 과학기술대와 포항공대가 창설된다. 대학의 이공계통은 과학 발전을 등에 업고 계속 수적 팽창 일로를 달린다. 물론 대학의 등록금 수입은 늘어날 수밖에 없다. 수도권 대학 정원동결이라는 강력한 정책도 이공계 인력 부족이라는 명제 하에서는 무력해진다.

　남자 고등학교에서는 이과생 수가 문과생을 능가하게 되고 워커와 철모로 상징되던 공대생의 이미지는 깨끗한 실험복을 입은 고매한(?) 연구자의 그것으로 바뀌어 간다. 중학교 때 은사님의 집에 다시 모인 친구들은 거의 하나 같이 이과생이었고 어린 시절의 그들을 잘 아시는 선생님은 이 아이들 중에 이과에 맞는 것 같았던 아이들이 과연 몇이나 되었는지 고개를 갸우뚱거리신다.

　그리고 사이언스 키드는 이공대학에 진학하고 공부를 계속한다. 문과 애들이 데모 같은 쓸데없는(!) 일에 몰두하고 있을 때 그는 조국의 앞날을 위해 더 많은 생산물을 만들기 위한 기초 공부를 하느라 고교 때 못지않은 정신적 노가다를 수행해야만 했다. 아무리 너네가 잘나 보았자 결국은 우리의 밑을 벗어나지 못할 거라는 법대 친구의 말은 시대착오적인 생각으로 여겨졌다.

　그 사이 팽창일로를 겪은 대학의 이공계는 마침내 공급과잉 현상을 연출하기 시작했다. 미국공학박사의 대우는 이사급에서 부장급으로, 부장급에서 과장급으로 수직 강하를 시작하더니 그나마 구하기가 어려워져 도처에서 박사 실업자가 나타나기 시작한다. 말로만 듣던 박사가 접시 닦는 시대가 온 것이다. 이젠 회사가 박사를 골라 뽑을 수 있는 시대가 왔다. 예전처럼 모셔가는 것이 아니라.

수많은 연구소가 세워지지만 취직을 한 사이언스 키드는 자신의 연구보다 무슨 무슨 기술 진흥법에 의해 연구소의 토지가 면세라는 사실에 회사가 더 관심을 가진다는 어처구니없는 사실에 직면한다. 자신은 단지 콩알만 한 연구소에 달려 있는 엄청난 연구소 부지의 탈세를 위한 얼굴마담에 불과하다는 사실에 경악한다.

이제 더 이상 과학 기술자는 선망받는 직업이 되지 못한다. 밤에도 불이 꺼지지 않는 연구실이라는 신화는 그에게 늘 피곤하기 짝이 없는 격무를 당연한 듯이 강요하고 인구 분산 정책의 희생양으로 선발된 과학 기술자 집단은 그토록 옛날에 경멸했던 문과 친구들에 의해 산간벽지의 연구소 타운으로 밀려나서 애인에게 걷어 채이고 선본 여자의 부모들에게 거부감을 주기 시작한다.

평생을 이 한 몸 과학기술 발전에 바치겠다던 사이언스 키드는 그토록 빛나는 연구 생활을 했던, 엄청난 대우와 아파트까지 얻어서 프로야구 선수 같은 연봉 협상을 했던 선배들이 40대의 나이에 머리가 녹슬었다는 이유로 연구소에서 쫓겨나는 장면을 목도하기 시작한다. 그러기 싫으면 과학 기술자에게 어울리지 않는 경영직으로 변신하는 수밖에 없다.

후배나 동기 중에는 변리사라는 직업의 인기가 엄청나게 폭등하고 그들은 더 이상 과학 기술자의 삶에 환상을 갖기를 거부한다. 증권을 만지작거리는 친구들이 일확천금을 꿈꾸며 접대비로 공짜 술을 마시는 동안 그들은 보통의 샐러리맨 봉급과 하나도 다를 바 없는 박봉에서 일이만 원을 추렴해서 소주를 홀짝거리며 미래를 걱정한다. 한때 최고의 급료라던 모모 연구소의 급료는 해마다 동결되어서 이제는 이 나라 대졸자 초임에도 미치지 못하게 되었다.

그래도 연구소는 걱정 없다. 늘어난 과학 기술자는 여전히 공급과잉이고 입소 희망자는 줄을 서 있으니까. 그래도 아직 과학 기술자들에게 주는 급료가 아까운지 이 나라에서 제일 규모가 크다는 대학의 공대는 숫자를 두 배로 늘리려 하고 시설은 하나도 갖추지 않은 연구소에 사람만 채워 넣으면서 왜 결과가 나오지 않느냐고 독촉을 한다.

술에 취한 친구의 '우리는 5공 과학기술 진흥정책이란 과잉 선전의 산물'이라는 자조를 들으면서 사이언스 키드는 자신의 생이 할리우드의 환상 속에 사는 할리우드 키드의 생애와 무엇이 다른가 곱씹어 본다.

초등학교 때부터 물리학에 흥미를 느끼기 시작하면서 당시 또래 아이들처럼 과학 소년이 되었습니다. 그때부터 SF를 즐겨 읽고 과학 교양서를 즐겨 읽었지요. 언젠가 진짜 과학자가 되면 SF나 과학 교양서를 저술해 보고 싶다는 상상도 했었는데 그 바람이 이렇게 정말로 현실이 될 줄은 솔직히 전혀 기대하지 못했습니다.

2019년에 한국SF협회가 주최하고 한국과학창의재단이 후원했던 '제1회 SF 초단편+SF 시 공모전' 광고를 인터넷에서 우연히 접하고 평소 구상해 오던 SF 초단편 하나를 완성하여 응모했던 것이 결정적인 계기가 되었습니다. 응모한 작품이 과분하게 입선하여 상을 받았고 그 뒤로 삼 년 동안 저 스스로 생각해도 믿기지 않을 만큼 빠르게 일이 진전되어 왔던 것입니다.

공모전 입선이 계기가 되어 과학 웹진『Horizon』으로부터 의뢰를 받아「거울 나라에서 온 바이러스」를 의뢰받아 난생처음 SF 소설을 정식으로 잡지에 게재하게 되었고, 또 그것이 계기가 되어 저의 작품에 관심을 가져 주신 출판계 여러분을 만나게 되어 이렇게 SF 단편집+과학 교양서의 출간까지 이르렀습니다.

처음 쓰는 저서이기에 제가 가진 모든 것을 쏟아부어 정성껏 저술하였습니다. 독자 여러분께서 재미있게 읽어 주시고 과학과 SF의 즐거움을 느껴 주신다면 더 이상 바랄 나위가 없겠습니다.

개인적으로 이 책의 출간을 통해「구름, 저 하늘 위에」와「사이언스 키드의 생애」두 편의 글을 공식적으로 세상에 선보이게 된 것이 매우 기쁩니다.「구름, 저 하늘 위에」는 앞서 말씀드린 공모전 입선작이고 처음에는 새로 창간되는 SF 무크지에 실릴 예정이었습니다만 여러 가지 사정으로 인해 결국 정식으로 출간되지 못했던 작품입니다.「사이언스 키드의 생애」는 제가 1994년 'KIDS'라는 초창기 인터넷 BBS에 올려 나름 엄청난 반응을 얻었던 글인데 익명으로 작성되다 보니 저자가 누군지도 모르는 채 인터넷 여기저기로 무단 복사되어 안타까웠던 글입니다.

그래서 교정 없이 원문 그대로 책에 실을 수 있게 부탁드렸습니다. 이 불운했던 글들이 이제 정식으로 세상에 나오게 되어 참으로 다행이라 생각합니다.

이 책이 나오기까지 정말 많은 분의 도움을 받았습니다. 부족한 저의 작품을 공모전 입선작으로 선정해 주시고 저를 SF계로 이끌어 주신 윤여경 선생님, 나이 많은 신인 SF 작가를 격려해 주신 한국 SF계의 대부 박상준 선생님, 웹진 『Horizon』의 원고 의뢰를 주선해 주신 성균관대학교 한정훈 교수님, 처음으로 저에게 SF 소설 출간을 격려해 주신 플루토 출판사의 박남주 사장님 그리고 초보 SF 작가의 소설에도 과감히 출간을 결정해 주시고 부족한 글을 다듬어 주신 이지북 출판사의 배주영 주간님과 정사라 팀장님, 손창민, 권도민, 최웅기 에디터님, 자음과모음 출판사의 김정은 부장님과 김보성 에디터님께 진심으로 감사드립니다.

늦은 나이에 SF를 쓴다고 가족과 많은 시간을 함께 하지 못하는 가장을 이해해 주고 응원해 준 아내 미진과 두 아들 상협, 원협에게도 고마움을 전합니다. 마지막으로 사랑하는 어머니께 감사의 말씀을 드리고 싶습니다. 저의 어머니께서는 과학자가 되고 싶은 아들을 늘 이해해 주시고 후원하여 주셨으며, 이 책에 실린 SF 소설들을 가장 먼저 읽으시고 격려해 주신 고마운 분이셨습니다. 어머니, 정말 감사합니다. 건강하세요.

2023년 5월 과천에서

김 달 영

# 스스로 블랙홀에 뛰어든 사나이

초판 1쇄 인쇄일 2023년 6월 15일
초판 1쇄 발행일 2023년 6월 29일

지은이    김달영
펴낸이    강병철
편집    최웅기 정사라 박혜진 최선우
디자인    서은영
마케팅    이언영 한정우 전강산 최문실 윤선애 이승훈
제작    홍동근

펴낸곳    이지북
출판등록    1997년 11월 15일 제105-09-06199호
주소    (04047) 서울시 마포구 양화로6길 49
전화    편집부 (02)324-2347, 경영지원부 (02)325-6047
팩스    편집부 (02)324-2348, 경영지원부 (02)2648-1311
이메일    ezbook@jamobook.com

ISBN 978-89-5707-886-0 (43810)

"콘텐츠로 만나는 새로운 세상, 콘텐츠를 만나는 새로운 방법, 책에 대한 새로운 생각"
이지북 출판사는 세상 모든 것에 대한 여러분의 소중한 콘텐츠를 기다립니다.